懐妊同棲

極甘社長とワケあり子作り始めました!?

玉紀　直

Illustration

獅童ありす

懐妊同棲
極甘社長とワケあり子作り始めました!?

contents

プロローグ

「そこまで言うなら……作るか、子ども……」

必死の説得が功を成し、とうとう承諾の言葉を彼の口から引き出した。

嬉《うれ》しい返事をもらったはずなのに、水澤沙季《みずさわさき》の中では崇拝心と使命感と焦燥感と……ちょっぴりの後悔がせめぎあう。

「い……いいん、ですか？」

「俺の子どもが欲しいんだろう？」

「それは……はい」

沙季の返事は歯切れが悪い。

それに比べて非常識とも取れる提案を受けた彼――善家新《ぜんけあらた》は、最初に見せた戸惑いはどこへやら。

覚悟を決めたかのように平然としている。

説得しておいてなんだが、こんなにも潔《いさぎよ》くＯＫしてもらえるとは思わなかった。

すぐに答えが出せるものではないだろう。

――貴方《あなた》の子どもを産ませてください。……などと言われて……。

終業後、会社の五階にある新のアトリエには二人しかいない。シンっと静まりかえるそこに響くのは、沙季の心臓の音だけ。

正確に言えば心臓の音は脳内に響いている。あまりにもドキドキしすぎて、外に漏れているような気がするのだ。

（でも、子どもが欲しいっていうのは先生の希望だし……）

俺の子どもが欲しいんだろうとはすごい言われかただが、どちらかといえば「欲しい」と思っているのは新のほうなのだ。

自分のＤＮＡをこの世に残したい。結婚はしなくても、自分の子どもくらいは持ちたかったと、彼が望んでいる。

それだから沙季は、尊敬し崇拝するデザイナー、善家新の子どもを産もうと決心した。

――新は、余命一年を宣告されている。

沙季は、偶然にもそれを知ってしまった。

考えるあまり下がっていく顔を強制的に上げる。聡明《そうめい》な瞳が沙季を見ていた。

（なんて……綺麗《きれい》な目をした人なんだろう……）

新の瞳に出会うたび、沙季は十年前の衝撃を思いだす。十年前、沙季が十三歳だったときに出会った、善家新の作品の美しさ。それに全神経が服従した。

あの感動は、一生忘れられない。

一八〇を超える長身、それに見合うバランスの良い体躯《たいく》。スーツ姿からもにじみ出る洗練されたスマートさ。

業界的に仕事でもカジュアルなスタイルの人物が多い印象を持たれるが、新は常にスーツを着用している人物で、実直で誠実という自分のイメージを崩さない。

涼しい目元、高い鼻梁《びりょう》、形のよい唇。それらが完璧な輪郭の中に収まるのは、神の所業としか思えない。沙季に言わせれば、彼自体が芸術品だ。

男前の美丈夫。世のイケメンが束になったって新には敵《かな》わないと思う。

仕事に対して真摯で妥協を許さない人。インテリアデザイン、建築デザイン、プロダクトデザイン、すべてを手掛けいずれも素晴らしい成果を生み出す天才だ。

(それなのに……それなのに……余命一年だなんて……)

そんなことが許されるものか。

こんな素晴らしい人物の血がここで途絶えてしまうなんて……。

沙季が二十三歳になる今まで生きてこられたのは、新のおかげだ。

十年前に一度消えかかった命。それを、ここまで繋《つな》いでくれた。

彼が生み出す芸術のおかげで、生きる希望を貰《もら》ってきた。

だから今度は、沙季が新に恩返しをする番だ。

残された一年、彼が生きる希望を持てるよう。

――彼の子どもを、産もう。

ぽんっと、大きな手が沙季の頭にのる。深刻な顔をして新を凝視する彼女に、彼はふっと口角を上げ表情をやわらげた。

「後悔しそうなら、やめる。簡単に決めていいことではないし、水澤さんは、産んだあとのことも考えなくちゃならない」

「わかっています。ちゃんと考えます。でもわたしは、先生の子どもが産みたいんです。生まれたあと、先生にご迷惑はおかけしません」

「……それは……、今そんなに頑《かたく》なにならなくてもいいことだが。水澤さんは、いいのか？　俺で」

「当然です。先生以外ありえません。先生じゃなくちゃいやです」

少しでも弱気になったら断られてしまう。そうならないためにも勢いをつけて言い切ると、新は少し驚いたようにまぶたを上げた。

きっぱりと強調しすぎただろうか。なんだか愛の告白でもしてしまったかのような照れくささが湧き上がってくる。

沙季の頭から手を離し、その手で口元を押さえた新はなにかを考えこむ。じっと沙季を見つめて慎重な声で尋ねた。

「大切なことだから聞くが……。水澤さん、経験はあるのか？」

「経験……」

なにを聞かれているのかと思うが、子どもを産みたいという話をして「経験があるのか」と聞かれればひとつしかない。

沙季は両手を胸の前で振る。

「まさか。出産の経験なんてありませんよ。一人っ子だったので小さな子のお世話とかも経験なしですが、でも友だちの子どもの面倒とかはよく……」

「そうじゃなくて、子どもを産みたいってことは〝作らなきゃならない〟ってことだ。避妊をしないセックスの経験はあるのかと聞いている」

沙季の言葉は完全に止まる。

すごく……沙季にとってはレベルの高い話をされてしまった気がする……。

避妊をしない、どころか、セックスの経験はおろか男の人と交際した経験もない。

十三歳のころから、沙季の気持ちは新が作り出す空間に、彼の芸術に、彼自身に囚《とら》われている。よそ見をするなんてありえない。

「あの……わたしは……」

言い淀《よど》んだことですべてを悟ってくれたのかもしれない。再び大きな手が頭にのり、スッとセミロングの髪を撫《な》でて……おとがいにかかり顔を固定された。

「いいのか？　俺で」

先程も同じように聞かれ、勢いで返事をした。新が求めている返事は、もっと慎重に、しっかりと考えた真剣なものなのだろう。

それだから、避妊をしないセックスの経験はあるのかと、あってもなくても答えづらく、赤裸々だが大切な深い質問にまで及んだのだ。

沙季は唇を引き結び、表情を硬くして新を見詰めた。

「先程も言いました。先生じゃなくちゃ、いやです」

新の眉がピクリと動く。しばらく視線を絡めたあと、おとがいから手が離れ彼が小さく息を吐いた。

「わかった」

どうやら本気だとわかってもらえたようだ。経験がないことも含めて子どもを作ることに納得してくれたのだろう。

「よろしくお願いします」

沙季は両手を前でそろえて頭を下げる。

新のために、彼の子どもを産む。

(やっと先生に、恩返しができるかもしれない……)

不安と希望と嬉《うれ》しさと、いろいろな気持ちがいり混じる。

結婚もしていないのに、誰かのために誰かの子どもを産みたいなんて、普通に考えればとんでもないことだろう。

けれど、沙季にとってはとんでもないことでも異常なことでもない。

むしろ、このときを、新のためになにかできるこのときを、ずっと待っていた。

（先生は……わたしの神様だから……）

重大な役目を背負ったけれど、沙季の心はおだやかだ。

昨日、新の余命を知ったあとは、あんなにも心が乱れたというのに……。

第一章　言葉では言い表せないほど尊ぶべき人

「――あれ？　寝ちゃったかな？」

読んでいた絵本から顔を上げ、沙季は小さな声で問いかける。

返事はない。問いかけられた当人はスースーとかわいい寝息を立てて眠りに落ちていた。

（かわいいなぁ）

四歳女児の寝顔に母性本能をくすぐられつつ、クスッと笑って絵本を閉じる。枕元に置いて身体を起こし、小さな身体に上掛けをかけ直した。

そっと寝室を出ると、それに気づいた親友、湯澤愛季《ゆざわあき》がキッチンから顔を出す。

「あれ？　ひまり、もう寝ちゃったの？　まだ十分も経《た》ってないのに。ほんと、沙季が寝かしつけてくれると寝るのが早いよね、あの子」

「今日は特別早かったよ。保育園のお散歩で、ちょっと遠くの公園まで歩いたんだって。そのおかげじゃないかな。疲れたんだろうね」

「え？　そうなの？　そんな話、今聞いた」

「絵本を読んでるときに話してくれた。『大きな滑り台がある公園に行きたい』ってみんなで言ったら、先生が『じゃあ、もう少しだけ頑張って歩こうか』って言って連れて行ってくれたんだよ、って。嬉しそうだった」

「沙季が知ってて私が知らないとか、どっちが母親だかわかんないね」

もちろん母親は愛季のほうだし、愛季も悪気なく言っている。

しかしこれにはひとこと物申したい。

「いや、多分わたしは仲間扱いされてるだけだと思うよ」

四歳児に〝仲間扱い〟というのもなんだが、ひまりの態度や話しかたは〝ママのお友だち〟に対するものではなく〝ひまりのお友だち〟に近いと思うのだ。

仕事で疲れてだらけていれば、いい子いい子と頭を撫でてくれるし、『こんなところにおきっぱなしにしちゃダメなんだよ、さきちゃんっ』と、ときどき叱られることもある。

保育園の先生にも言われることだが、ひまりがすでにシッカリ者になっていることも、そう感じてしまう要因のひとつだろう。

愛季はシングルマザーだ。仕事を頑張る母親の姿を見て育っているせいか、ひまりも負けじと頑張り屋さんで、少々ませたところがある。そこがまたかわいい。

「さっきも、『おしごといそがしいのはわかるけど、ちゃんとごはん食べなくちゃダメだよ』って怒られた」

アハハと笑って食卓兼用折れ脚ローテーブルの前に座ると、すかさずキッチンから出てきた愛季が沙季の前にマグカップを置く。中には緑茶がなみなみと入っていた。

「それ多分、私が沙季の話をするときに『仕事が忙しくなるとご飯も食べないで没頭するから心配』とか言ったせいだと思う」

「やっぱり〜？」

「でもホントのことだし」

ちょっと睨《にら》むように沙季を見て、自分のマグカップを片手に愛季がテーブルの向かい側に座る。

「沙季は頑張り屋さんだからさ。学生時代に店でバイトしてたときからずっと、見ていて心配になるときもあるんだよ」

顎の線で切りそろえたエアリーヘアを片耳にかけながら、愛季は緑茶の湯気を大きなため息とともに吹き、カップに口をつけた。

愛季とは、今の会社に就職する前までバイトをしていたファミリーレストランで知り合った。高校一年生のときなので、もう七年のつきあいだ。

彼女は沙季より二つ年上で、高校卒業後大学へ進学したものの二年生のときお腹《なか》にひまりが入ってしまった。

中退して産んでからは、バイトを続けていたファミレスの社員になりひまりを育てている。

父親の話は一切しない。愛季が話そうとはしないので、沙季もあえては聞かない。それでも「もし、聞いてほしいことがあったら遠慮しないで言ってね」とは言ってある。

二人は初対面のときから気が合った。そのきっかけとなった一番の話題は、なんといっても正反対なのに似ている、お互いの名前である。

湯澤愛季と水澤沙季。澤と季が被っているうえ、湯と水で、仲よくしていると「ぬるま湯コンビ」と言われたものだ。

沙季は愛季とひまりが住むこのアパートの目と鼻の先に建つ、単身者用ワンルームで一人暮らしをしている。

十三歳のときに事故で両親を亡くして祖父母と暮らしていたが、高校を卒業してデザイン専門学校に通いはじめたときから一人暮らしになった。

仕事が終わってから沙季が顔を出しに来たり、シフト調整で愛季が遅番に入らなくてはならないときなどはひまりを預かったりする。

「本当はさ、お茶じゃなくて缶チューハイでも開けたかったんだけど……沙季が私を捨てて会社に戻るっていうからさ」

恨みがましい視線をチラッと向けられ、沙季はアハハと笑って頭に手をやる。

「ごめーん、だって先生が一週間ぶりに帰ってくるから『おかえりなさい』したくてさ」

「会社愛にあふれた社員だねぇ。社長愛されてるっ」

「うちの会社で、先生を嫌いな人なんていないないよ」

「特に沙季はね」

「みんなだよ～」

「先生大好きの至上主義」

「みんなだってば～」

そうは言うものの、そのなかでも一番慕っているのは自分だという自信が沙季にはある。自惚《うぬぼ》れではない。沙季にとって、社長であり先生である彼は〝特別〟なのだ。

とはいえ、そんな事情を知っている愛季につつかれてしまうと照れくささが顔を出す。カップをかたむけてひと息ついていると、愛季が四《よ》つん這《ば》いで近づいてきた。

「なに？」

なにかと思えば背後に回り、セミロングの髪をいじりだす。

「せっかく好きな人に会いに行くんだからさ。髪、かわいくしてあげる」

「もー、誤解のある言いかたー」

「ごめんごめん。大好きな社長、にしておく」

「変わんないよー」

不満の声をあげつつも、特にいやがるわけでもない。鼻歌まじりにブラシで梳《す》いて形を作っていく愛季に髪を任せ、沙季は呑気《のんき》にお茶をすする。

「はい、でーきたっ」

ポンッと肩を叩《たた》かれ、目の前に手鏡が差し出された。

マグカップをテーブルに置いてから手鏡を受け取る。沙季は顔を左右に動かしながら鏡面に映る自分の髪型を目で追った。

両サイドをゆるく編みこみ、うしろでひとつにしてシフォンのリボンが結ばれている。なんともかわいい。普段では絶対にしない髪型だ。

「わー、かわいすぎない？」

「いいじゃない、沙季はかわいいよ」

「このリボン……」

「ひまりの。なくさないでね」

「へーい」

愛季は髪をどうこうする長さではないが、毎日ひまりの髪をかわいくアレンジしてあげているだけのことはある。上手《うま》いものだ。

「はい、こっち向いて」

手鏡で髪型を眺めていると両手で顔を挟まれて愛季のほうを向かされる。なにかと聞く間もなく、唇にリップブラシが走っていった。

鏡を見ると、沙季の唇は艶のある薄いピンク色に変わっている。

「口紅まで……いいのに」

「なに言ってんの、かわいいよ。それじゃなくても沙季の唇は小ぶりでふっくらしてかわいいんだから。艶のあるリップ、すっごく似合うよ」

「あ、ありがと……」

なんだか照れくさくなってきた。鏡を置いて照れ隠しにマグカップに口をつけると、ニヒヒと笑った愛季に肘でつつかれる。

「社長先生に、かわいいって言ってもらえるといいね」

「愛季ぃ～」

尊敬している神様のような人だ、というのは愛季も知っているはずなのに。ときどきこうして意味ありげにからかわれてしまう。

しかし冷やかされながら遊んでいる場合でもない。沙季は壁にかかった時計に目をやり、カップを持って立ち上がった。

「そろそろ行くね。先生、二十一時過ぎに会社で新規案件の確認をするって言ってたから」

「あ、うん、気をつけてね。カップ、置いといていいよ」

お言葉に甘えてカップを手鏡の横に置く。ふと鏡に映った自分の顔を見て、意外とこの口紅似合うかも……と自惚れつつ、いい気分でアパートを出た。

株式会社グラムシェード。世界的に著名なデザイナーである善家新のデザイン会社。

インテリアデザインから建築デザイン、プロダクトデザインを主としており、善家新は社長でありメインデザイナーである。

都心の一等地に建つ社屋は五階建て。会社を囲む塀と銘板《めいばん》がなければ、ブランドショップかなにかと間違えた人が足を踏み入れてしまいそうなほどモダンでお洒落《しゃれ》な建物だ。

もちろん、会社自体、新がデザインした彼の作品である。

十三歳のときに彼に憧れ、高校を卒業してから三年間デザインの勉強をして、沙季はグラムシェードに入社をした。

面接試験では初めて見る生の新の姿に感動し泣いてしまったあげく、善家新の世界、その作品の素晴らしさを延々と語り続けて面接官たちの度肝を抜いた。

難関といわれた採用枠を勝ち取り、おまけに新のアシスタント補佐につけると知ったときは人生の運をすべて使い切ったかと思ったほどだ。

しかし入社試験での沙季の熱意ある善家新語りは社員たちに広まっており、忙しさで目が回るときも「ほら、先生のために頑張るぞ！」と抗《あらが》えない喝を先輩たちから入れられてしまうのである。

そうやって叱咤激励《しったげきれい》を入れながらいじられもするが、結構かわいがってもらっているせいか仕事は楽しいしやりがいがある。

沙季の仕事は新についているアシスタントの補佐なので、直接新に関わるわけではない。それでも接する機会は多く、彼から得られる気づきや学びも非常に多い。

そのたびに、やはり新先生は素晴らしい人だと実感するのである。

会社を外から見ると四階と五階に照明が点《つ》いている。五階には新の執務室とアトリエがある。四階は沙季が所属している総合デザイン室だ。

五階が明るいということは新が戻っている証拠だし、四階もということは新について海外の展示会に行っていたアシスタントたちが戻っているということ。

会社に入り中央階段を駆け上がる。常夜灯があちらこちらに設置されているので真っ暗ではないものの、明るい四階に到着するまでは少し怖い。

「やっぱり来たかー。来ると思ったぞ」

四階に到着する手前で頭上から落ちてくる声。駆け上がりながら声のほうを見やると、四階の廊下で腕を組んで仁王立ちになっている男性がいる。

「柏木《かしわぎ》さん、先生は⁉」

悪気なく聞いてくる沙季に、デザイナーアシスタントの柏木哲太《てった》は苦笑いだ。

ガタイのいいTシャツ姿の三十歳。一見デザイナーのアシスタントというより力仕事専門のような印象を受ける。とはいえ、人は見かけではない。

彼は新の優秀なアシスタントの一人だ。そして彼自身が、プロダクトデザインの部門で成果を上げている優秀なデザイナーでもある。

沙季は柏木の補佐についている。繊細なデザイン案が出せる人で、彼から学ぶことは多い。

「新さんならアトリエに……」

「ありがとうございまーす」

そのまま駆け抜けていこうとするが、カットソーの襟足を掴《つか》まれ足が止まった。

「おーまーえーはーぁ。なんかオレに言うことがあるだろー？」

「首っ、首っ、柏木さんっ、首、締まるっ」

襟が首に喰《く》いこんで苦しい。足を止めればいいだけの話なのだが、早く新の所へ行きたがっている身体が止まってくれない。

「そうじゃなくて？　海外から戻ったばかりの先輩に言うことは？」

「お疲れ様です！」

「ん〜、イマイチだけど、まっ、いいかぁっ」

渋いながらもお許しが出る。襟足から手が離れた瞬間、沙季は五階へ向かう段を踏みこんだ。

「新さんに、ちゃんと『おかえりなさい』するんだぞ！」

「はーいっ」

返事をしつつ駆け上がりながら、柏木にも「おかえりなさい」を言うべきだったことに気づく。ハッとしてうしろを見るが、柏木はもういなかった。

次に会ったときにでも改めて言えばいい。五階に上がった沙季は一直線に新のアトリエへ向かう。ドアをノックするまでもなく、両開きのドアが開け放たれていた。

手前でスピードを落として深呼吸をしながら静かに近づく。そっと中を覗《のぞ》くと、センターテーブルの前に立っている新といきなり目が合った。

「せっ、先生っ、おかえりなさいっ」

まさかこっちを見ているとは思わず、ドキッとするあまり声がひっくり返る。おまけにわずかに飛《と》び退《の》いてしまった。

そんな沙季の様子がおかしかったのか、新がクスリと笑う。

「ただいま。水澤さん。元気な声が聞こえていたから、今来るか今来るかって待ってた」

「声……き、聞こえてたんですかっ?」

「駆け上がってくる足音も。全部」

「ひゃ～～～」

恥ずかしい。勢いよく走っている音なんてしおらしさの欠片《かけら》もないというのに、あれをすべて聞かれていたなんて……。

考えてみれば、ほとんど人がいない夜の会社。いつも以上に声も響けば物音も響く。だとしたら、会社に入ってきたあたりから気づいていたのではないか。

いいタイミングで柏木に会ったのも偶然ではなく、来るだろうと予想していた人間の気配がしたから待ち伏せていただけなのでは……。

「柏木に言われていたんだ。水澤さんが『おかえりなさい』しに来ますよって。いつもねぎらいにきてくれてありがとう」

「いいえ……そんな」

そんなふうに言われると照れてしまう。新が仕事で会社を留守にしたあとは、戻ってきたその日に「おかえりなさい」をするのが沙季の〝当たり前〟になっている。

「でも、申し訳ないが時間外手当はつかないぞ？」

「要りませんよー。わたしが勝手に出てきてるだけですからっ」

遅い時間であろうと、休日であろうと、新が会社に顔を出すのなら沙季も駆けつける。誰かにそうしろと言われたからではない。沙季がそうしたいのだ。

いつも思うのは、どんなにハードなスケジュールをこなしたあとであろうと、新は疲れを見せない。いつも冷静に次の仕事に目を向ける。

決して楽な仕事ばかりではないし、気持ちがささくれる場面にだって遭遇するだろう。それでも彼は感情を逆立てない。

そばで仕事をするようになって二年。いまだに新が感情をあらわにする場面を見たことはないのだが、それは沙季ばかりではなく、他のアシスタントや社員たちも同じだという。

感情のコントロールが完璧にできている人なのだ。それだから、見ている人を癒やし鎮める作品を作れるのかとも思う。

「留守中、柏木に任されていた仕事があったんだろう？　大変だったたって聞いた。疲れているんじゃないか？」

　おまけに他人を思い、気遣ってくれるこの優しさ。新を崇拝する沙季からすれば、ありがたすぎて眩暈《めまい》がする。

「そんな！　先生のほうがお疲れでしょうっ。連日歓迎パーティー続きだったって聞きました。お酒、飲みすぎてませんか？　お腹の調子悪いとかないですか？　ちゃんと寝ました？　あっ、時差、大丈夫ですか？　えっと、ニューヨーク、時差どのくらいでしたっけ……」

　口に出しているうちに本当に焦ってきた。新は海外での仕事も多い。時差に身体が追いついていないうちにまた別の国へ、ということも珍しくない人だ。

「大丈夫。時差には慣れている。困ったことはない」

「でも、無理が蓄積されるとどこかでドカンときますから。気をつけてくださいね」

　ちょっと必死になってしまったかもしれない。すると、沙季の顔をジッと見た新が、腕を組んで天を仰ぐ。

「そうだな〜、もう三十五だしな〜。一回りも若い水澤さんから見れば、健康を心配される立場なんだよな〜」

「ちっ、違いますよっ、別に先生をお年寄り扱いしたわけではっ。先生はまだお若いです！　三十五歳なんてまだ青春真っ盛りじゃないですか！」

　これは少々言いすぎか。そう思った瞬間、新がアハハと声をあげて笑い出した。

「ごめんごめん、そんなに頑張らないでくれ。青春真っ盛りまで言われると、ちょっとつらい」

「せんせい〜〜〜」

困った声を出す沙季の前に立ち、新は頭ひとつぶん高い身体をかがめて視線を合わせる。フワッとした微笑《ほほえ》みが視界に入って、心臓が止まるかと思うくらいドキッとした。

「ありがとう。心配してくれて」

「い、いいえ、当然のこと……で……。せ、先生のこと、心配しない人なんていないないですから」

顔が熱い。きっと真っ赤になっている自信がある。

けれど、せっかく新がお礼を言ってくれているのだ。こんな尊い表情から目をそらすなんて、沙季の信者魂が許さない。

たとえこのまま赤面したみっともない顔を見られ続けようと、自分に向けられたこの微笑みを、じっくり堪能したい。

（あ、駄目、にやけそう……。真っ赤になってニヤニヤしてたら気持ち悪いよね……。でも目はそらしたくないし……。いいや、このまま見てよう）

気持ち悪かったら新のほうからそらすだろうからいい。そう思いつつも、新に「気持ち悪い」と思われるのもかなりいやだなと、優柔不断が大活躍する。

すると、必死に見つめるご尊顔が、あろうことかわずかに眉を下げたのだ。

「でも、すまなかった」

「え？」

（どうしたんですか、なぜ謝るんですか。どうしてわたしなんかに謝ってるんですか。先生に悪いところなんてなにひとつありませんよ。あるわけがないじゃないですか！　ある、って誰かが言ってもわたしが黙らせます！）

信者の思考は過激に跳びはねる。

そんな気持ちを知る由もなく、新は声まで申し訳なさげに変わる。

「なにか予定があったんだろう？　わざわざ様子を見にきてくれたのなら、ごめん」

「予定……？　そんなものはありませんが」

「デートとか」

「あっ、あるわけがないじゃないですかっ。二十三年間生きてきて、デートなんて縁があったこともないですよ」

本当のことだがここまで言わなくてもいい。しかし口から出たものは戻せない。

（あーもぅ、なんか恥ずかしい……）

新のように顔も容姿もパーフェクトでおまけに才能まである人にとっては、この歳まで一度もデートなるものの誘いを受けたことがないというのは、信じられないことではないだろうか。

「そうか？　かわいくしているから、絶対デートだったと思ったんだが」

「かわっ……!?」

「髪とか」

かわいいに動揺する沙季の髪に新の手が触れる。正確には編みこまれた髪の先と、結んだリボンにだった。

ひまりからの借り物だが、新しいものを買ってあげてこのリボンは貰いたいと本気で考える。

「ルージュも凄《すご》く似合っている。水澤さんがつけているのは初めて見る色だな。仕事が終わってこんなにかわいくしていたら、特別な用事があったとしか思わないだろう？」

愛季に大感謝。彼女が出してくれた悪戯心のおかげで、新から「かわいい」という金言《きんげん》を貰ってしまった。

「これは、あの、友だちが、やってくれて……。これから会社に顔を出しに行くんだって言ったら、きちんとして行かないとねって」

かわいくしてあげる、と言われたのが本当だが、それでは狙ったように思われそうだ。

――社長先生に、かわいいって言ってもらえるといいね。

愛季が言ったことが、本当になってしまった。

「いい友だちだな。水澤さんがかわいくなるポイントを知っているってことだ。本当にかわいいよ。リボンもルージュも、似合っている」

（いや、もう、本当に気絶しそうです！）

こんなに褒められてはたまらない。よりにもよって尊敬し崇拝する新に。仕事を褒められたときより、気を回して褒められたときより、どのときよりも嬉しい。

おまけに目線を同じくした新の微笑みが真正面にあり、その唇から自分に向けて「かわいい」という言葉が出たのかと思うと感動で胸がいっぱいだ。

鼓動が速くなり、さらに体温が上がる。頭の中を掻《か》き混ぜられたようにぐらっとして……。

力が抜けて……。

「水澤さん⁉」

脚に力が入らない。

……あ……崩れる……。そう思ったとき——。

なんたることか、新に抱きとめられた。

「大丈夫か？　どうした、眩暈でもしたか？」

「す……すみませ……大丈夫で……」

なんたる失態。

沙季は間違いなく失神しかけた。いくら感動でいっぱいになってしまったからって。

おまけに新の片腕に抱きとめられている。これは感動を通りこして恐怖だ。とんでもない失礼をしている感が強すぎて、かえって身体が固まってしまった。

「大丈夫じゃないだろう。やっぱり、なにか無理をしていたんじゃないのか？」

動けない沙季を支えた片腕でそのままひょいっと持ち上げ、新は彼女をソファに座らせる。硬直している肩をトンッと押して背もたれに沈めた。

背中の心地よさは、かえって沙季を正気に戻す。

(なにしてるの！　先生にご迷惑を……！)

「すみません……！　本当に大丈夫で……！」

必死に身体を起こす。この勢いで立ち上がろうとするが……。

「いいから。座っていなさい」

ビシッと言われて動きが止まり、ぽふっ……と、再び背もたれに背中が埋まる。怒鳴るわけでも怒るわけでもないが、新の厳粛なひとことは逆らえない魔法の言葉だ。

沙季がおとなしく従ったからか、新は苦笑いをした。

「やっぱり、留守中の仕事がきつかったんじゃないのか？　柏木も、帰ったら『終わってません』って泣きつかれるかもしれないって心配していた。彼は空港から直帰のはずだったけれど、心配だから確認に行くって、一緒に会社まで来たんだ」

「そうなんですか……？」

仁王立ちで現れた柏木を思いだす。沙季の仕事を心配してくれていただなんて。「おかえりなさい」をちゃんと言うべきだったと後悔が大きくなった。

柏木に心配をさせたうえに、新にまで気を遣わせるわけにはいかない。沙季は気持ちを引き締めて背筋を伸ばし、両手を膝に置く。

「すみません。本当に、大丈夫です。柏木さんにもらった仕事は確かに難しかったんですけど、わたしなりに頑張りました。倒れそうになってしまったのは……疲れていたから、とかではなく……。あの、……先生に、褒めてもらえたので……」

「ん？　俺？」

「はい……かわいいとか……似合うとか……、それじゃなくても言われ慣れないことを言ってもらえて……、なんだか恥ずかしいといいますか嬉しいといいますか、気持ちがふわふわしちゃって……その……、それで、クラッとして……」

なんて情けない説明なのだろう。新は呆《あき》れてしまうのではないか。

それでも説明しないわけにはいかない。羞恥に耐えつつ、沙季は説明を続けた。

「ですから、決して疲れからきたわけではないんです。むしろ、先生がご無事で帰ってきてくれて、その姿を拝見できたことで、わたしはもう、元気百倍です」

明るい声で言ってガッツポーズでもすれば笑ってもらえたかもしれないが、自分の不甲斐《ふがい》なさを悔やむあまり顔が下がった状態ではそれも無理というもの。

「水澤さんは、本当に俺が好きなんだな」

「ひぇっ⁉」

突拍子もない発言に驚いて顔が上がる。新は沙季の横に腰を下ろし、ニコニコしたまま悪気なく言い放つ。

「好きなアーティストのライブなんかで、興奮するあまり失神してしまうっていうアレと同じだろう？　そんなに気まずそうにしなくていい。別におかしいことだとは思っていない。感動からくる高揚は、ときに人間のエクスタシーを刺激するものだ。失神したっておかしなことじゃない」

「はい……、ありがとうございます」

上手く慰められてしまった。エクスタシーがどうの……というのはちょっとレベルが高くて深く考えられないが、なんとなく理解はできる。

「わたし……初めて先生の作品に触れたとき、感動で力が抜けて、ボロボロ泣きました。ああいう感覚です。きっと」

「そうだな」

頭にポンッと新の手がのる。大きな手はあたたかくて、頭頂部から新が沁《し》みこんでくるようだ。

「泣くくらい俺の作品を好きになってくれて嬉しい。ありがとう、水澤さん」

「先生……」

感動で泣きそうだ。彼の世界を好きでいることにお礼を言われるなんて。今日はなんていい日なんだろう。

今までも遠征から戻った新を迎えるために再出社することはあったが、並んで座ってこんな話をしたのは初めてだ。

ちょっと情けない姿は見せてしまったが、これも愛季が髪型と口紅に手を加えてくれたおかげではないだろうか。

いつもと違う沙季に気づいた新に見つめられたせいで失神しかかったのだから、そう考えて間違いはない。

今度行くときはケーキでも買っていこう。沙季は心の中で固く誓う。

「とんでもないです。お礼を言うのはわたしのほうですから。先生の作品に出会っていなかったら、わたしはきっと今ごろこの世にはいません」

「すごいな。責任重大だ」

新は軽くアハハと笑う。

きっと彼は、沙季が少し大げさに話をしているだけだと思っているだろう。

……でも違う。これは、本当のこと……。

「水澤さんがたくさん褒めてくれたからいい気分だ。よしっ、お疲れのかわいい部下を家まで送り届けなければ」

「えっ？」

「俺も明日の仕事の確認は終わったところだし、一緒に帰ろう。送っていく」

「そ、そんな、めっそうもないっ。お気遣いなくっ」

沙季は身体の前で両手のひらを振る。

「お疲れの先生に送っていただくなんてっ。駄目ですよ！　先生にだって車じゃなくてタクシーでご帰宅してほしいくらいなのに！」

「運転するのは柏木だけど」

「お言葉に甘えます」

アッサリと手のひらを返す。柏木には申し訳ないが、沙季としては新に無理がかからなければ、それでいいのだ。

反応が面白かったらしく、クスクス笑いながら新が立ち上がった。

「じゃあ、柏木に車の用意をしてもらおうか。今連絡を……」

「あっ、それでしたら、わたし直接四階に下りて柏木さんに言ってきます。ちょうど柏木さんに言わなくちゃならないことがあるんで」

「おかえりなさい、かな？」

「はい」

沙季はちょっと肩をすくめて照れ笑いをする。元気な声が聞こえていたと言っていたから、きっと柏木との会話も聞こえていたのだろう。

おかえりなさいを言いそびれたこともお見通しだ。

「伝えてきますね」

アトリエを出て階段で四階へ下りる。総合デザイン室を覗くと、柏木が資料をまとめている最中だった。

改めて「おかえりなさい」を言い、帰宅準備を伝える。柏木ももう間もなく資料をまとめ終えるので、終わったら声をかけるとのこと。

「それにしても水澤ぁ、洒落《しゃれ》こんでどうした？　そうかそうか、水澤もやっと、そういうことに目覚めたか。遅い思春期だな」

「違いますってばっ」

髪型と口紅がちょっと変わったくらいでこんなにも言われてしまうなんて。普段どれだけ無頓着かを思い知らされる。

一六〇センチ……あるかないかの微妙なライン。痩せているというほどではないが、太っているという体形でもないと思う。

ファミレスでバイトをしていたころ連れて行ってもらった会社のグループ旅行で、愛季に「着やせするんだね～、スタイルいいっ」と褒められたことはあるが、それ以外で外見を褒められた記憶はほぼない。

ふわっとした髪質のセミロングは、無造作に下ろしているか後頭部で一本にまとめているかがほとんど。

……考えてみればあまり自分に手を掛けていない気がする。

髪型くらいは少し気を遣おうか。愛季に教えてもらえば髪型のレパートリーもできそうだ。

そんなことを考えながら新のアトリエに戻るべく階段を上がっていく。今度は急ぐ必要はない。かえってバタバタと上がっていったら、また新に「元気のいい足音」と言われそうだ。

アトリエに近づくと新の声が聞こえた。独り言……という感じでもない。相変わらず開きっぱなしのドアから漏れてくるそれは、おそらく電話中なのだろう。

話し中に入っていったらいやかもしれない。沙季のほうは、用事が終わったら柏木のほうから声をかけてくれるらしいことを伝えたいだけなので、話に割りこむ必要もない。

待っていようと決めて、その場で立ち止まり会話が終わるのを待つ。そのせいか新の声に意識がいく。低くて少々慎重なトーンだ。大切な話だろうか。

そんなつもりではないのに、盗み聞きでもしている気分になってきた。これはいけない。少し場所を離れたほうがいいかもしれない。

移動しようとした……そのとき。

「俺も、もう覚悟を決めないとな……。余命一年だし」

——余命一年だし。

沙季の動きが止まった。

止まったどころか、壁にでもなってしまったかのように身体が固まる。

(余命……?　一年……?)

「考えないようにしてきたけど、そうもいかない。残念だ……。後悔っていう言葉は使いたくないが……もっといろいろとできたはずなのにと思うと……」

新の言葉が詰まる。聞いている沙季の息も詰まった。

聞こえてくる声に神経が集中しすぎて、自分の呼吸さえ邪魔だ。

沙季は息を震わせながら静かに吐いていく。ひと言も聞きもらしてはいけない。そんな思いでいっぱいだった。

「結婚とまではいかなくても、子どもがいれば……少しは違ったかな。……ハハッ、ひどいな。俺だって、自分の子どもくらいは残したいと思うさ」

自嘲する彼の声が胸に突き刺さる。後悔なのか、諦めなのか、どちらともつかない自棄《やけ》になった声音のように思えた。

(あの先生が……後悔をするなんて……)

新が後悔をしている姿なんて見たことがない。彼は常に前を向く人だ。なにかにつまずいたとき、立ち止まって振り返るより前進しながら改善していこうとする人だ。

そんな新が、後悔をしている。

「軽く言ってくれるな。今から子どもが作れるわけがないだろう。その前に相手がいない。……おい、恐ろしいことを言うなよ。誰でもいいわけがないだろう。……そうだな……。少なくとも……俺のことや俺の世界、作りだすものに共感してくれる女性……。特殊な事情をシッカリと理解してくれている女性なら、とも思うが……。駄目だ……本気でこんなこと考えさせないでくれ」

深刻になったり自嘲したり。新が迷っているのがわかる。

彼は、自分の子どもが欲しいのだ。

善家新という人物のＤＮＡを才能ごと受け継いだ子どもが。

「ああ。……せめて俺のすべてを受け継いだ子どもの顔を見てみたい、っていうのが……最期の望みかもな……」

どくん……と、全身が脈打った気がした。

とんでもない使命感に、全身が震える。

（……なに考えてるの……こんな、こんなこと考えたら……先生に迷惑なのに……）

けれどその使命感は、どんどんどんどん大きくなっていく。体内をいっぱいにして、耐えきれなくなって叫び出してしまいそうだ。

（どうしよう……わたし……、わたしが……）

口が開き、声にならない息が漏れる。握りしめた両手に汗がにじんだ。

心臓がまるで背中を押すようにドッドッドッドッと大きく跳ねている。出したい言葉が喉で詰まって、嘔吐《おうと》感まで強くなった。

冷や汗がにじんで我慢の限界を感じる。本当に意識を失ってしまいそうなほどの緊張感でいっぱいになったとき……。

「おーい、水澤ー。車用意するから、先生に伝えてくれ～」

長閑《のどか》な柏木の声が階下から聞こえてくる。一気に沙季の緊張の糸が切れた。

「は……はひぃぃぃっ〜〜！」

慌てて返事をしたので、息が詰まったおかしな声になってしまった。

今のやり取りは新にも聞こえているだろう。立ち聞きしていたのを悟られないためにも、沙季は慌ててドアから顔を覗かせる。

「せんせぃっ、かしわぎさんっ、くるまよういします、ってっ」

おかしな声は治らず、沙季はゼイゼイと息を切らす。すごい話をこっそり聞いてしまった罪悪感でかなり息が止まっていた。反動で息が切れる。

しかしそれは都合がよかった。沙季が急いで階段を駆け上がってきたとでも思ったのかもしれない。

新は通話を終え、スマホをスーツのポケットに入れながら苦笑いで近づいてくる。

「そんなに慌てなくてもいい。急いで上がってきたのか？　足音が聞こえなかったけど、もしかして俺が『元気な足音』とか言ったから、驚かそうとして静かに上がってきたな？」

「は、ハイ、実は」

頭に片手をあててエヘへと笑う。それでごまかせるなら、そういうことにしておこう。

「執務室にあった確認書類を取ってきてから行く。すぐだから、水澤さんは先に下りていていいよ」

「それなら……！　ここで待ってます！　心配なので！」

反射的に返事をする。新が余命一年の身体なのだと知ったとたん、彼が心配で心配で堪《たま》らない。けれど、彼は沙季がなにを心配しているのか不明だろう。不思議そうに眉を上げる。

「あ、あの……階段、暗いし。先生が一人で……怖かったら大変なので……」

ちょっと理由に無理がある。もう少し納得できる言いかたはないものか。

「わかったわかった。水澤さん、階段が暗いから怖かったんだな？　それじゃ、一緒に下りよう。すぐ戻るから、待っていて」

「は、はい……」

それでもなんとかごまかせたようだ。新が執務室へ向かう背中を見つめる。電話での会話を思いだして、ズキズキと胸が痛んだ。


余命。という言葉は、よく知っているようで、自分には関係のないところにある言葉のように感じていた。

――――俺も、もう覚悟を決めないとな……。余命一年だし。

それなのに、今は手の中にあるかのように、近くに感じている。

柏木の運転でアパートまで送ってもらった沙季は、新と柏木に礼を言い、水澤、と小さなプレートが付いた部屋に帰った。

南欧風でちょっとお洒落な外観の三階建てアパート。女性単身者用ワンルームで、六畳の部屋に五畳のロフトが付いている。

クローゼットもあるしバストイレが別々。なんといってもエントランスがオートロックで防犯カメラも完備。女性の一人暮らしにはありがたい。

グラムシェードに入社が決まって、すぐ紹介された物件だ。女の子の一人暮らしだから安全な場所に、という配慮があってのことだった。

なんでも会社で外装デザインを手掛けたらしく、社員だということで家賃が割安になっているうえに、会社から単身住宅手当というものが支給されて半額補助される。

このレベルの物件で考えれば信じられないくらい安価だ。おまけに偶然にも愛季とひまりが住むアパートの向かい側。これ以上に嬉しい高物件はなかった。

住むところも仕事も、グラムシェードに入社してからいいことばかり。

もちろん仕事は甘くない。アシスタント補佐という仕事だって毎日が勉強で、次々と新しい気づきがあり、目まぐるしくて心身ともに忙しい。

それでも、善家新の元で仕事ができる。彼の世界に触れていられる。それは、沙季にとって最高の至福だった。

新にも言った。彼の作品に出会っていなかったら、沙季は今ごろこの世にいないという言葉。あれは、嘘《うそ》ではない。

キッチンで小さな冷蔵庫からコーヒーベースとミネラルウォーターを取り出す。水を多めにして手早くブラックコーヒーを作り、一気に飲んで喉を潤した。

今度は牛乳でほどよく割ってラテにする。それを持って小さなソファに腰を下ろす。

――余命一年。

この言葉ばかりが頭で回る。

「先生は……わたしの命の恩人……神様なんです」

呟《つぶや》いた先の視線は、ローボードの花瓶の横に飾られた写真立てに流れていく。そこでは、幼さの残る十三歳の沙季が両親に挟まれて笑っている。

「また、大事な人がいなくなる……」

胸が詰まった。当時のことを思いだしてしまうのは久しぶりではないか。

新のおかげで、今は記憶の隅に置いておけるようになっているのに……。

――十年前、沙季が十三歳の年。

沙季は両親を観光バスの事故で亡くした。

運転手の飲酒運転が原因だった。出発時、観光バス会社側のチェックではアルコール反応がなかったらしいので、サービスエリアの休憩のときにでも、アルコールを購入し飲んだのではないかとのことだった。

事故が起こる直前まで、乗客の誰も異常に気づかなかった。

もしかしたら気づいた者がいたかもしれないが、最後尾の席でウトウトしていた沙季が異変に気づいたのは、乗客の悲鳴が響いたときだったのだ。

悲鳴よりも大きな衝突音、ガラスが割れる音、なにかがこすれ合う不快な音が、鼓膜を壊さんと攻撃してくる。

そして……。

『沙季っ……！』

母の悲痛な叫び声……。

とっさに母に抱きしめられたのを覚えている。その直後、バスがかたむき、まるで無重力状態に投げ出されたかのように身体が一回転した。

そのあと……なにが起こったのか。よく覚えてはいない。

悲鳴も不快な音もすべて聞こえなくなったけれど、人が騒ぐ声は聞こえた。そのときになってやっと、バスが事故を起こしたのだと理解できたのだ。

次に沙季が目を覚ましたのは病院のベッドの上で、傍らで見守っていた祖父母が泣いて沙季に抱きついた。

バスの運転手が飲酒運転で対向車線にはみ出し、トレーラーに衝突した。十数名の乗客は一人を残して死亡。

その一人が、沙季だったのである。

最後尾にいたおかげか、それとも横転した方向のせいか、シートに身体が守られたらしい。

さらに、とっさに沙季を抱きしめた母親と、その上から二人を守ろうと覆《おお》いかぶさった父のおかげで、大破したバスの破片に突き刺されることもなかった……。

悲劇の衝突事故からたった一人生還した少女。マスコミに追い回され、世間の同情と心ない言葉にさらされ続ける日が続く。

沙季の心は……ボロボロになっていった。

他の遺族から『どうしてアンタも死ななかったんだ』と面と向かって言われたこともある。なにかを信仰している見ず知らずの人から『死ぬより恐ろしい目に遭《あ》う。天罰だ』と叫ばれたこともある。優しい言葉をかけながら近づいてくる大人は、みんな事故当時の話を聞きたがった。


『どんな気持ち？』

『自分だけ生き残って、どんな気分？』

『両親も死んだのに、一人だけ残ってかわいそう。これからどうするの？』

『まともになんて生きていけないよ。だって、大勢の人を犠牲にしたうえで残った命なんてまともじゃない』

『疫病神みたい。あの子のそばにいたら死ぬよ』

『気持ち悪い。死ねばいいのに』

『どうして生きてるの？』

うるさいうるさいうるさいうるさいうるさいうるさいうるさいうるさいうるさい
――――うるさいうるさいうるさいうるさいうるさいうるさいうるさいうるさい――――

限界だった。

十三歳の小さな世界では、受け止めきれない重圧が沙季を押し潰す。

どうして生きているのかなんて、沙季が聞きたい。

死ねばよかった。あのまま、乗客や両親と一緒に、みんなと一緒に死んでしまえばよかった。

――――死んでしまおう……。

死ぬつもりで電車に乗り、降りたことのない場所で降りた。道などわからず歩き、人通りがなくなったところで死のう。そんなことばかりを考えながら歩いた。

やがて賑《にぎ》やかに思えた通りをすぎて、人が少なくなる。今までになく鼓動が激しくなった。もう少しだ、もう少しで押し潰されそうな重圧から解放される。

死ぬ場所を求めて足を進め、一本の通りを抜けたとき――――。

視界が開いた。

目の前に、白い建物。幅広の出入口の横に大きな垂れ幕が下がっている。

なぜだろう。その垂れ幕を見た瞬間、――――胸を食い破ってきそうだった動悸《どうき》が、スンッ……と鎮まったのだ。

垂れ幕には【新の世界】とあり、光を浴びた教会のデジタルアートが映っていた。

その光の表現がとても綺麗で、目を離せないまま足を進める。建物から出てくる人がパンフレットを持っているのを見て、芸術家の展示会なのだと悟った。

入場料を支払ってパンフレットを貰い、それが、善家新、という若いデザイナーの展示会だと知る。

ヨーロッパで活躍、建設デザインで幾多の賞を取り、日本に拠点を移した記念の展示会らしい。

目鼻立ちの整った綺麗な男性が紹介されている。二十五歳の青年は沙季から見れば立派な大人に見えたが、デザイナーとして見ればかなりの若手なのだろう。

これからの時代を担う若き天才と称されていた。

見て歩く通路を導くように並べられたパネルには、彼が手がけた作品が説明されている。内装であったり外装であったり。どれもとても美しくて胸が高鳴った。

こんな鼓動を感じるのは初めてだ。温かくて、気持ちがふわふわっと浮上するような……。

いつの間にか夢中になって見ていた。

説明文があれば一文字たりとも逃さず読みこんだ。一周しても、二周三周と繰り返し見て回った。

その部屋に気づいたのは五周目のとき。パネルや模型を展示している通路と離れた壁側に、別の入口がある。

足を踏み入れたのは【大切なもの】とタイトルが付いた部屋。

そこは、木漏れ日でいっぱいの光の部屋だった。

本当に木々が茂っているわけではなく、光の演出で木漏れ日を作り出している。壁には垂れ幕にあった教会のデジタルアート。

まるで、本物の教会の庭にでもいるような錯覚を起こした。

室内に観覧者はいなかった。中央に木製のベンチが置かれていて、沙季は木漏れ日に揺れる教会を見詰めながらそこに腰を下ろしたのだ。

下ろした瞬間……涙があふれ出た。

なぜだかわからない。

座った瞬間、光で作りだした木漏れ日が本当に温かく感じて、両脇に両親が座ったような……そんな錯覚を起こした。

温かい……。

鼓動が、とくん……とくん……と心地よく刻まれる。

大切なもの、大切なことを忘れてはいなかったか。

あの事故の日、母は沙季を抱きしめ、二人を守ろうと父が覆いかぶさった。——沙季は、二人に守られてここにいるのに……。

大切な人が守ってくれようとした自分を、自分で捨てようとしていた。

沙季は木漏れ日の中で教会を見つめた。

涙は止まらなくて、身体は動かない。

ここから動きたくなかった。

この空間にいたい。

ずっとずっと、このあたたかな感覚に包まれていたい。

――沙季……。

両親が名前を呼んでくれた気がした。木漏れ日の中で抱き寄せて、頭を撫でてくれた気がした。

――沙季、幸せになって。

両親の声が聞こえる。

いつの間にか鼓動はおだやかになり、呼吸が深くなる。全身があたたかくなって、沙季はベンチに座ったまま眠ってしまった。

目が覚めたとき、沙季は病院にいて、傍らには祖父母がいた。展示会場のベンチで倒れていた沙季は呼吸が浅く、発見した係員が救急車を呼んだらしい。

不思議なことに、あれほど死にたいと願っていた気持ちはどこにもない。代わりにあったのは、両親のために生きようという気持ちと、善家新に会いたいという希望だった。

沙季に希望を、心を取り戻してくれたのは、間違いなく善家新というデザイナーだ。

沙季は善家新に、彼が作り出す作品にのめりこんだ。いつの日か彼に、心を取り戻してくれた恩返しがしたい。

祖父母に迷惑をかけたくなくて、高校時代はアルバイトに明け暮れた。デザイン専門学校への学費や一人暮らしの費用もすべて自分で用意し、「目標は善家新先生です！」と公言をして、彼に近づくべくデザインの勉強を頑張ったのだ。

沙季の目標は、彼のようなデザイナーになることではなく、彼のそばで働ける、役に立てる人間になること。

この十年、沙季はひたすら新に恩返しをするために生きてきた。

「……余命、一年……」

呟いて写真から目をそらす。電話の会話を聞いてしまったときに湧き上がってきたとんでもない使命感が、またもやムズムズと口腔《こうこう》内をくすぐる。

――――せめて俺のすべてを受け継いだ子どもの顔を見てみたい、っていうのが……最期の望みかもな……。

「わたしが……先生の子どもを……」

言葉が詰まる。

こんなことを言っては迷惑かもしれない。だいいち、おこがましい。

けれど新は、誰でもいいわけではなく、自分という人間や世界、作りだすものに共感してくれる女性、特殊な事情をシッカリと理解してくれている人が条件だと言っていた。

善家新という人を、彼の世界を、誰よりも理解している自信がある。彼が作り出すものには共感しかない。

特殊な事情だって、わかりすぎるほど心に響く。

彼のような天才のＤＮＡを、絶やしていいはずがない。

「わたしが……！」

決意を込めて立ち上がる。それでも、その先の言葉がなかなか出てこないのは、ほんの少しの迷いが引き止めるからだ。

新は迷惑に思わないだろうか。彼が言った条件に、自分は誰よりも当てはまっている自信がある。

――彼は、沙季でもいいといってくれるだろうか。

「ええい！　しっかりしろっ！　先生に恩返しするんでしょう！」

口に出して勢いをつけ、沙季はスマホを持って立ち上がる。決心が鈍らないうちにと愛季に電話をし、これから行くと告げてアパートを飛び出した。

「びっくりした～、どうしたの？　会社でなにかあった？　先生には会えたの？　『かわいい』って言ってもらえた？」

ドアが開いて開口一番、愛季の言葉に思わず頬《ほお》がゆるみそうになる。髪型と口紅を褒めてもらえたこと、愛季に報告して幸せに浸りたい。

けれど今は、それよりもやらなくてはならないことがあるのだ。

「愛季、わたし、わたしね……」

「ん？」

話しだそうとする沙季を、愛季は玄関の中に入れてドアを閉める。入りなよと手招きして、室内に進もうとする愛季の背中に向かって決意を口にした。

「わたし……先生の子ども、産もうと思う」

愛季がピタリと立ち止まる。躊躇《ちゅうちょ》すれば決心が鈍りそうで、沙季は心のままに言葉を続けた。

「先生、余命一年なんだって。でも、自分の子どもくらいはこの世に残したかったたって希望があって。その気持ちはすごくわかる。あんな素晴らしい人のＤＮＡを絶やしちゃいけない。先生は素敵な人だから、選《よ》り好《ごの》みしなければ相手なんてすぐに見つけられるんだと思う。けど先生は、自分の世界を理解して共感してくれる人がいいって……わたし、誰よりも先生の世界を理解してる自信がある。先生の作り出すものには共感しかない。先生の希望を叶《かな》えてあげたい。恩返しがしたい。先生に言ってもいいよね、先生の子どもを産ませてくださいって」

言いたいことを一気に口に出す。聞いているあいだ動かなかった愛季の背中が動き、彼女は深く息を吐きながら振り返った。

「そこまで自分で決めていて……『言ってもいいよね』って、なんで私に確認するの？」

「それは……なんていうか、誰かに言いたくて……」

「じゃないと、決心が鈍りそうだった？」

「……わたしは……絶対わたししかいないって自惚れてる。でも、先生の迷惑にならないかって、少しだけ迷うから……。誰かに決意表明したかった」

「沙季」

腕を組んだ愛季が真剣な顔で沙季を見る。

「先生の願いを叶えてあげたいのはわかるけど、そのあとのことは考えてるの？　先生はいなくなっちゃうんだよ。一人で子どもを育てるのがどんなことか、理解してる？」

ドキリとした。愛季に言われるのは、きっと誰に言われるより心に刺さる。

愛季は妊娠中から今まで、ずっと一人でひまりを育てた。ひまりを預かったり買い物をしてきてあげたり、些細《ささい》な手助けはできても……それだけだ。

きっと、人には言えないつらい思いもしただろうし、悔しいこともあっただろう。それらに耐えて、人ひとりを育てていく覚悟があるのかと、聞いているのだ。

どんなことが待ち受けているかわからない。でも、ひとつだけわかることがある。

「わたし……先生が望んだ子どもなら、その子を守るためになんでもできる。……わたしの両親が、とっさの事故からわたしを守ってくれたように」

両親が守ってくれた命の大切さを実感させてくれたのは、新が作った世界だった。

そんな新の命が宿った子どもなら、どんなことがあっても守れる、愛することができる。両親が自分を守ってくれた気持ちが、理解できるから。

「先生の子ども、……欲しいって思う……」

未婚で子どもを持つことが世間的にどういうことなのか、沙季にだってわかっている。それを考えてもなお、決心は揺るがない。

組んでいた腕を解き、愛季が沙季の両肩に置いた。

「よかった。欲しい、って言ってくれて」

「え……？」

「だって沙季、恩返しとか望みを叶えてあげたいとか、使命感から出てることしか言わないから……心配だった」

「ごめん……」

「好きな人の子どもだもんね……。沙季なら、きっと大丈夫だよ。……大丈夫だって、思っていい？」

決めつけてこないところが愛季らしいと思う。沙季が首を縦に振ると、やっと笑顔になって肩に置いた手でぽんぽんと叩いた。

「よしっ、二人で頑張ろうっ。沙季にはたくさん助けてもらってるからね。私も助けるよ。とりあえず、わからないことがあったら〝先輩〟に聞きなさい」

心強すぎる言葉をくれた愛季は、今までの深刻な空気をやわらげるかのようおどけてみせる。胸を張った彼女に沙季も「よろしくお願いします、先輩っ」とおどけてしまおうかと思ったが、口から出たのはまったく違う言葉だった。

「ありがとう……ごめんね」

すごくホッとしたのだ。愛季に許してもらえることを、ひとつのハードルにしていた自分がいるような気がする。

「……安心した……」

泣き声になりかかった沙季の頭に愛季の手がのる。

「迷うのは……当然だよ」

そう呟いた愛季の声が少しだけ憂いを帯びていたように思えて……切なさが残った。


親友が味方に付いてくれたからといって、安心していてはいけない。

愛季に理解してもらえたのはとても嬉しいが、これから、もっとも納得してほしい人に話をつけなくてはいけないのだ。

いつ話そうなどと躊躇している余裕はない。新に時間がないと考えれば、早ければ早いほどいい。

沙季は翌日、昨夜送ってもらった礼が言いたいと理由をつけて新のアトリエを訪れ、相談したいことがあるので終業後に時間をもらえないかと申し出た。

「相談？　なにか仕事内容の悩み？　それとも待遇の不満とか？　今でもいいから、遠慮なく言ってくれ。ことによってはすぐに善処する」

（いい人すぎますよ、せんせいぃぃぃぃっっっ！！！！）

沙季は心の中で絶叫する。いつも思うが、新はデザイナーとしてだけではなく、グラムシェードの社長としても完璧な人だと思う。なんといっても、社員やアシスタントから寄せられた言葉を、とても大切にしてくれる。

デザイン会社でデザイナーのアシスタント補佐をしているなどと言えば、下っ端の使いっ走りみたいなものだから扱いが雑なのだろうと思われがちだが、とんでもない。

柏木の指示はわかりやすいし、他のアシスタントたちも仕事を教えてくれるしデザインの勉強もさせてくれる。新が自らアドバイスをくれたりもする。

社長の新がこういった人だから、こんなにも社風がいいのだと思わずにはいられない。

「いいえ、仕事のことではないんです。ですから、終業後で……」

恐縮しつつ遠慮を口にすると、新は沙季に歩み寄り、正面で立ち止まって真剣な顔をした。

「わかった。どんなことでも相談してくれ。弁護士でも警察でも医者でも、力になれそうな知人を紹介しよう」

「あ、ありがとうございます」

「俺も今日はアトリエから出ないから。仕事が終わったらここに来なさい」

「わかりました」

「解決策はあるはずだ。諦めてはいけない」

「は、はい……」

おそらく新は、沙季がなにかトラブルに巻き込まれている……と誤解をしているのだろう……。

誤解したままでは心配をかけてしまうのではないか。それは違うと言いたいところだが、本題に入ってしまいそうだし、ひとまずは「失礼します」とアトリエを出た。

（せんせい！　いい人すぎますすっ‼）

四階に下りる階段の途中で、沙季は感動に打ち震える。常々、新を神聖化して崇《あが》め奉《たてまつ》っている沙季ではあるが、もう〝アラタ教〟を作ってもいいとさえ思えてしまう。

（ああいう人をさ、なんていうの、いい人、だけで表しちゃいけないと思う。賢者？　ううん、聖人？　聖人君子って先生みたいな人のことではっ⁉）

沙季の思考はどこまでも突っ走る。……が、階下から「水澤ぁ、どこだぁ？」という柏木の声が聞こえ、トリップしかかったところで現実に引き戻された。

「すみませーん」

慌てて階段を下りていくと、ちょうど階段前の廊下に柏木の姿を見つける。沙季に気づいて苦笑いをした。

「なんだ？　今まで新さんの所にいたのか？　礼を言うだけにしては長くないか？」

「すみません、ちょっとよけいな話までしてしまって」

「仕方がねーなぁ。ほんと、水澤は新さんが大好きだなぁ」

「好きですよっ。先生の作品をすべてひっくるめて、先生のセンスもお人柄も尊敬していますし、大好きですっ」

「そっちの意味かよ。色気ないねぇ」

楽しげに笑う柏木を見ていると、もしや、色っぽい意味で「大好き」という言葉を使われたのではと思い立つ。そう考えるといきなり恥ずかしくなるが、柏木が手招きをして歩きだしたので、気にしていない素振りであとについた。

「まあ実際、新さんも甘いところがあるからな～。昨日もさ、本当は帰国してすぐ直帰してほしかったんだ。疲れてるだろうから。けど『長く留守にしたあとは、必ず会社で出迎えてくれる社員がいるから、顔を出しておかないと心配するだろう?』って言ってさ。そんなのアトリエが暗けりゃ『今日は会社に戻ってないんだ』ってわかるんだから気にすることないのに。『帰ってくるのを楽しみにしてもらえているようで嬉しいからね』ってさ」

柏木が意味ありげにチラッと沙季を見る。誰のことを言っているのかわかるだけに、沙季は顔がにやけそう……というより、嬉し恥ずかし有難すぎて、崩れそうな表情筋を止めるのに必死だ。

「……にやけてるぞ」

「すみませんっ」

止めていたつもりなのは自分だけだったらしい。両手で頬を押さえると、柏木に「しょうがねーな」と笑われた。

「気持ちはわかるな。新さんに気にしてもらえてるなんて、水澤じゃなくても感動モンだ。水澤はアレだったよな、作品に感動したのが新さんを知ったきっかけだっけ」

「はい。見た瞬間、わたしの人生が変わったんです。生まれ変わった気分、実際、生まれ変わったんです。先生はわたしの神様です」

「わかるな～。オレにとっても新さんはオレの人生を変えてくれた人だし。救ってくれた人だ。新さんに倣《なら》って、目標にして自分の夢と目標に突き進んで。……失ったものもあったけど、得たものは大きかった」

「失ったものなんてあったんですか？　わたしは先生を知ってから得るものばかりです。物とかじゃなくて、考えかたとか、目標とか」

なんだか、自分がどれだけ善家新に影響を受けたかを語る、〝新自慢〟のようになってきた。けれど新に関する話ができるのは楽しい。

「新さんが関係しているわけがないだろう。自分が信じて打ちこんだものの代償に……、失ったものがあった、って話」

「わかったっ。仕事に情熱をかたむけすぎて恋人にフられた、とかそういうことですね？　仕事とアタシ、どっちが大事なの、的な」

話の流れで冗談半分に言ってみたのだが、立ち止まった柏木が驚いた顔で見てくる。……これは、超大当たりというやつではないのか。

「おまえ……自分の色っぽい話はまったくない色気のない女なのに、他人の色恋には鋭いんだな。やらしいなぁ」

「なななんですかっ、やらしいとか言わないでくださいよっ！　それに、色気がないとか言いますかっ。……当たってるけど……」

慌てる沙季を面白がって、柏木は声をあげて笑う。「ごめんごめん」と言いながら歩きだした。あとに続き、すかさずフォローを入れる。

「でも、あれですよ、柏木さんは仕事もできるしカッコイイし、すぐにまた彼女ができますよ」

「おっ、慰めてるつもりかぁ？　心にもないこと言ってるだろ」

「そんなことないですっ！　柏木さんはなんていうか、こう、体育会系のカッコよさというか、先生とはまた違う種類のカッコよさがあります！」

「……新さんと比較するつもりなんて、一ミリもないだろう」

「ありませんよ」

「正直すぎんだろっ」

「先生と比較対象になる人間なんて、この世には存在しません。先生は〝絶対〟なんです。先生はわたしの神様です」

「おまえの愛、重っ！　怖っ！」

「そんなのわかってますが、なにか？」

なにを言われようと動じない。よどみない新への信仰を口にする沙季に苦笑いしつつも、柏木は白旗を挙げる。

「神様か。うん、わかるわかる。なんかさ、オレのほうが新さんとのつきあいは長いのに、水澤にそこまで篤《あつ》く語られるとちょっと悔しいな」

からかっているのではなく、柏木は本気で共感してくれている。うんうんとうなずきながら通りがかりのエレベーターホールでエナジードリンクを買い、缶を沙季に放った。

「その新さんのために、今日も頑張るぞっ。ヨーロッパから持ち帰った仕事もたくさんあるから、気合い入れていけよ」

「はいっ！　エナドリ、いただきますっ」

缶を両手で持って元気よく返事をする。沙季のやる気に柏木も満足そうにうなずいてくれた。

柏木は、アシスタントの中でも新を慕う気持ちが一番大きい。もちろんアシスタントみんなに慕われてはいるのだが、その中でも特に、である。

言いかたを変えれば、沙季と同じく崇拝するレベルで慕っている。そんな柏木とは話も合うし、なんといっても新の作品に関してマニアレベルに話ができる。

彼の補佐につけて非常に嬉しい。……が。

「一番先生を慕ってるのはわたしっ」と、張り合う気持ちが顔を出したりもするのである。

仕事を終え、後片づけをして、帰宅準備をして……というところまではいつもと同じ。

今日はそこに、身だしなみを整える、を付け加え、さらにメイクも直し髪も整える、という気合いをみせる。

「よしっ」

パウダールームの鏡の前で勢いをつけ、沙季は新のアトリエへ向かった。

使命感に燃える心の炎はなおも大きくなり、彼の顔を見るなり、開口一番「先生の子どもを産ませてください」と言ってしまいそうだったのだが……。

「水澤さん、すまなかった」

……開口一番……新のほうから謝られ、沙季の勢いは落ちる。

「あの……なにが、ですか？」

いきなり謝られると、話す前から沙季の申し出を断られてしまった気分になる。

アトリエに入ったのはいいが、謝罪の意味がわからず困惑して固まった沙季の前に立ち、新は申し訳なさげにまぶたをゆるめた。

「俺は、水澤さんの相談内容を決めつけてしまっていた。おかしな勧誘にあって困っている、とか、保証人を頼まれて困っている、とか、条件のいい職を紹介されて迷っている、とか……」

「いえいえいえ、決してそんなことでは……！　絶対に！　ない！　です！」

沙季は首を左右に振って必死に否定する。予想の三番目について激しく否定したかったため、必要以上に強調した。

言わせてもらえば、たとえここより給与面で条件がよくたって、新の元を離れて違う職場で働くなんて天と地がひっくり返ってもあり得ない。

「しかし水澤さんは大人の女性なのだし、悩んでいるとしても年相応の悩みだと捉えるべきだった。勝手な誤解をしてすまなかった」

「い、いいえ、そんな……。かえって、ご心配をおかけして、申し訳ありません」

確かに、なにか深刻なトラブルに巻きこまれたのかと思いこんでしまった雰囲気はあった。しかしそれは勘違いをしただけであって、沙季に実質的な迷惑は掛かっていない。

「女性としての君に失礼をした。許してほしい」

「そんな……先生……」

この人は、どうしてこんなにも他人を思いやれるのだろう。沙季の心は感動に包まれる。

純一無雑な慈愛心を持っているからこそ、彼が作り出す作品には癒《いや》しがある。十年前の沙季も、それに救われた。

新と言葉を交わすごとに彼の素晴らしさが更新されていく。更新されすぎて、沙季にとっては本当に神様レベルなのだ。

感動に打ち震える全身が、尊敬と敬愛と使命感を膨らませていく。漲《みなぎ》っていく愛《いと》しさを、いったいどこの感情に振り分けたらいいものか。

「それで、俺に相談というのは？　俺で相談にのれること？」

「はい、むしろ、先生でなければ無理なことです」

「それは責任重大だな。話してくれ」

新は座りながらゆっくりと聞くつもりだったのだろう。手でソファを示して座るように促し、足を向ける。しかし気持ちがあふれすぎた沙季は、それを待てなかった。

「わたしに……先生の子どもを産ませてください！」

新の足が止まった。彼はきっと、今とても驚いた顔をしているだろう。聞き間違いかと眉をひそめているかもしれない。

冗談だろう。からかっているのかな、そうは思われたくない。そのためには心の中にある沙季の想いを、すべて伝えなくては。

「先生は、お仕事にすべてを捧《ささ》げていらっしゃる方なのはわかっています。けれど、先生ほどの才能を、ここで途絶えさせてしまうのは業界にとって、いいえ、人類にとってとんでもない損失だと思います。わたしは、先生が作り出す世界を受け継げる才能を絶やすべきではないと思うし、わたし自身、それがなくなるのはいやです。先生の可能性を受け継いだ子どもがいれば……そう思うと、わたしが力になれないかと、そればかりを考えてしまって……！」

冷静に切り出したつもりでも、徐々に口調が興奮してきているのがわかる。昂《たかぶ》るあまり話が支離滅裂になってもいけない。気をつけつつ、一拍置こうと深呼吸をした。

「先生の役に立ちたい……。先生のためになにかしたいんです……。先生が、わたしでもいいとおっしゃってくれるなら……」

「駄目だ」

振り返った新が真剣な表情で沙季を見る。静かな否定ではあったが、まるで怒鳴られたかのよう身体が震えた。

「君が……俺が作り出すものに共感してくれているのは嬉しいし、俺自身を慕ってくれるのも嬉しい。けれど、だからといって、女性としての自分を犠牲にするようなことを考えてはいけない。なぜそこまで思い詰めてしまったんだ？」

「自分を犠牲にするなんて、考えていません。わたしは、せめて先生の血を引いた子どもをこの世に残したくて……」

「逆に聞きたい。水澤さんが、そこまで考えてしまったのはどんなことが原因だ？」

新は理由が知りたいのだ。なぜ沙季が彼の子どもを産みたいなんて言い出したのか。

彼の才能を世に残したい。そんな説明だけでは足りないのだろう。子どもを産みたいと決めたきっかけを口にするしかない。

自分を犠牲にしているなんて思われたくない。新は沙季を心配してくれている。これはいただけない。新を心配させるなんて、沙季にとっては言語道断だ。

新から注がれる、心の中を見透かされそうな眼差《まなざ》し。目が合うたびに感動してしまう眼差しに負けそうになりながらも、沙季は彼を見据えた。

「余命……一年だと、聞いたので……」

新が目を見開く。盗み聞きをしていましたと言っているようなものだが、やはりこれを理由に持ってこないと、彼を納得させられないだろう。

「最期の最後に……、わたしにできるのは……、これだと思ったんです。誤解しないでください、結婚したいとか、そんな大それた気持ちは持っていません。ただ、――尊敬する、大好きな先生の子どもを産みたい。……それだけなんです」

あとはなにを言えばいいだろう。どんな気持ちを伝えたらいいだろう。

彼に対してかかえている篤い想いは言い表せないほどある。それをすべて口に出せば、わかってもらえるだろうか。

沙季を見据えていた新のまぶたがゆるむ。なにかを考えこみ黙った彼だが、しばらくして決心したよう、口を開いた。

「そこまで言うなら……作るか、子ども……」

承諾の言葉が、新の口から紡がれたのである――。


話がついたのはいいが、そこからどうするかを考えていなかった。

なんといっても新に同意してもらうのが最優先課題だっただけに、承諾を得たあとはどう行動したらいいものか……。

（子づくりプラン表とか、作ってきて提示したほうがいいのかな……。先生は計画的な人だし、そのほうが安心してもらえるかも……）

「よし、実行あるのみだな。行くか、水澤さん」

「はぃ？」

最初の難関をクリアして次の課題に直面した沙季に、新は軽く声をかける。デスクに置いていたスーツの上着を手に取り、袖を通しながら顔を向けた。

「部屋は任せてもらってもいいか？　ツテがあるから大丈夫だと思うが。それとも希望はある？」

「部屋……、希望……ですか。なんのお部屋ですか？」

「ホテルに決まっているだろう」

「ホテっ……！」

予想の範疇《はんちゅう》になかった言葉が出てきたせいで、大げさなほど驚いた反応を見せてしまった。そのせいか新は沙季がおどけていると思ったのかもしれない。スーツの襟を整えると、クスリと笑って顔を覗きこんできた。

「俺を選んでよかったって思ってもらえるように、すごしやすい部屋を用意するから。楽しみにしていていいよ。特に最初は、水澤さんの処女を貰うわけだから張り切らないと」

「は、張りきっ……」

頬がどんどん熱くなっていく。子どもを作るというのは〝そういうコト〟だし、当然処女ではなくなる。覚悟の上でも、やはり面と向かって言われてしまうと恥ずかしいのだ。

「真っ赤だ。水澤さんはこういうところもかわいいな」

新の指先が頬に触れる。頬が熱いせいか指の感触が心地いい。その前に新に触れられているのだと思うと蕩《とろ》けそうになる。

しかし蕩けてはいけない。新の子どもを身ごもることは沙季の使命だ。それを第一に考えなくては。

「ぁの……とんでもありません……わたしのほうこそ、先生に『水澤に任せてよかった』って思っていただけるように頑張ります」

頬にある指が頬を滑った。その動きのなめらかさに、どうしてかゾクッとした感覚が駆け抜ける。

「水澤さんは……本当に……」

新の顔が近づく。なにかを命令するような眼差しに従ってまぶたが落ちたとき……。

「俺を想ってくれているんだな……」

――あたたかくて柔らかいものが、唇に重なった……。

第二章　敬愛とは違う甘い感情の理由

正直なところ、話が決まってすぐホテルへ行くことになったのは予想外だった。

新は計画的に物事を進める人なので、今日は話だけで、行動面はまた改めて……ということになるだろうと思っていた。

それなので、ホテルに行くと言われたときは二重に驚いてしまったのだ。

新の子どもを産もうという決心はしていても、抱かれる決心はまだしていなかった……。

おまけにアトリエでは触れるだけのキスをされ、鼓動が跳ねまわりすぎてまだ胸が痛い。というか失神するかと思った。

崇拝し続けた人の唇が触れるなんて、恐れ多いというか申し訳ないというか。今になっていいんだろうかという気までする。

いやだという気持ちはまったくない。むしろとても心地よくて。もっと触れていたいと、思ったくらいだった……。

男性と触れあうことを目的にホテルへ行くなんてもちろん初めてだし不安はあるが、相手が新なら、きっと大丈夫。沙季は覚悟を決めて新について行ったのである。

が……。

「あの……先生」

「なに？」

「今……なにをしているのでしょうか……」

真剣な顔で沙季に問われ、新は一瞬黙ってから彼女が持つグラスを指先で軽く弾《はじ》く。

「水澤さんがカクテルのグラスを持っていて、俺はその姿を眺めている」

彼に弾かれたグラスが、キンッと涼しい音をたてた。透明感のあるオレンジ色の液体が揺れて、ロンググラスに沈む氷が崩れる。

「甘いし軽いよ？　アルコールが強いものは苦手だったよね？」

「はい、さっきひと口飲んだらとても美味《おい》しかったです」

新が選んでくれたアプリコットクーラーは、その名のとおりアプリコットのリキュールベースのカクテルで、とても甘く飲みやすい。

口当たりがよく、ごくごくっと飲めてしまえそうではある。本来ならそうしてしまいたいところだが、どうも落ち着かなくてそれができなかった。

「ただ……」

言葉を濁し、周囲にチラチラっと視線を這《は》わせる。モダンで落ち着いた内装のバーは、カウンター内に並べられたボトルや上品な身なりの客層が多く見られるところから、オーセンティックな雰囲気が漂っていた。

正直、新ならともかく、沙季が入っていい場所なのだろうかとも思う。

「どうして……こんな所にいるのかな、って……」

「ホテルに行くって言っただろう?」

「ここはバーです……。ここの前は、レストランでした……」

「どちらもホテルの中だし。嘘は言っていない」

(それはそうですが……!)

沙季の中で反論しかかるものをグッと呑《の》みこむ。

ホテルを手配すると言った新が沙季を連れてきたのは、都心の北側、老舗《しにせ》も多く伝統を感じさせる高級エリアに建つデザイナーズホテルだ。

十五階建てながら、一階から五階までをレストランやカフェ、コンビニや雑貨店、バーなどが占め、その上がホテルになっている。

十階分の宿泊エリアだが、部屋数は二十五部屋。ランクは違えど二十部屋がスイートルーム。実に贅沢《ぜいたく》な造りだ。沙季が知る限り、このホテルは善家新がデザインを担当したホテルである。

到着して最初にレストランへ連れて行かれた。多国籍料理のダイニングで、名前はわからずとも気取った雰囲気もなく料理も美味しかった。

次に来たのがこのバーだ。ここは一転、上質な大人の雰囲気があって少々緊張する。沙季が知っている小さなバーなどとは違ってメニューを出されるわけでもなく、かといって壁にメニューが貼っているわけでもなく。

新がカクテルを注文してくれたのだが、カウンターに並んで座ってから、新はずっと沙季のほうに身体を向けて彼女を見つめている。

非常に……緊張する、というか、照れる。

あくまで自惚れなのだが、食事をしてからバーで飲んで、などというコースは、まるでデートのようではないか。

食事をして飲みに行く、というのは会社の人たちや女同士でも普通に組まれるコースだが、この場合は、二人きりであり子作りをする関係であるというのがポイントだ。

子どもを作る行為をするからホテルに来たというなら、部屋に直行して即ベッドに押し倒されてもおかしくはない。

作るだけが目的なら、こんなにグレードの高いホテルである必要もない。

それが、食事から始まってバーでグラスをかたむけて……。それも、隣には新の綺麗な顔がある。

新はいつ見ても素敵だしカッコイイし、沙季に言わせれば彼以上に顔も心も立ち姿も洗練された綺麗な男性なんて存在しない。今夜は、それに輪をかけて眼差しが艶っぽい。

そんな人に隣で見つめられている……。

ついついロマンチックな夢を見そうになるのも致し方ないではないか。

「デートみたいで、気分も違ってくるだろう?」

上昇する体温のせいで喉が渇く。グラスに口をつけた矢先に新から出たセリフは、さらに沙季の体温を上げた。

「言ったろう? 水澤さんの処女を貰うわけだから、張りきらないと、って」

「先生……」

返答に困る。どう返せばいいのだろう。

「で、ですが……こんなにお気遣いを……。場所も素敵だし……、申し訳なくて……」

「俺はね、結構見栄《みえ》っ張《ぱ》りなんだ。水澤さんに俺を選んでよかったって思ってほしいのもあるけれど、初めて男に身体を開いた経験が、いい思い出として君の心に残ってほしい。そんなことを考えてしまうんだよ」

自分のカクテルを手に取り、ショートグラスを沙季のグラスに軽くあてる。

「俺は……水澤さんの恋人ではない。君が選んでくれただけの男だ。俺なりにムードを演出して、君が緊張しないで無理なく俺に身体を預けてくれると最高だなと思う」

新がグラスを口につけると液体の中でオリーブが揺れる。彼の言動ひとつひとつで揺れ動いてしまう自分の心のようだと沙季は思う。

自分のグラスに口をつけ、アプリコットの甘さを喉に通し、沙季ははにかんだ笑顔を向けた。

「もう……最高にいい思い出ですよ。先生にこんなお願いを受け入れてもらえたっていうだけで、一生の宝物です」

「一生の……。そうか、よかった……」

安堵《あんど》したように微笑み、新はマティーニを飲み干す。グラスを置いて、その手を沙季の頬にあてた。

「今は、あまり細かい話はしないほうがいい？」

「細かい話……」

「余命のこととか……」

シュッと背筋が伸びた。病状に関することなら聞いておいたほうがいいのかもしれない。けれど、今聞くのは覚悟がいる気もする。

思ったよりもひどかったら、その事実に打ちのめされて萎縮してしまうだろう。新の子どもを産もうと固まった決意も、つらさに負けてしまうかもしれない。

「大切な話ではあるけど、そのうち、ということでいいかな？　俺も、今そんな話をしたら、水澤さんの決心に応えられなくなるかもしれない」

躊躇する気持ちがあるのは新も同じらしい。今のところは変わりなく元気そうに見えるが、かかえているものは大きいのだろう。

いくら余命一年の事情を知っている相手だといっても、詳しく話すには精神的なダメージが伴うのではないか。

「あの……無理に話すのは……なしにしたいです。必要になった瞬間に話すというのはどうでしょう。

もちろん……話す内容が手遅れにならない範囲で……。子どもを作るのを優先して、できたら、それからのことを話すということでいいかなと思います。あの、もちろん、最初も言いましたけど、子どもができたからって責任問題にするつもりとかはまったくありませんし、わたしは、先生の子どもが産みたいだけで……」

無理につらい話をさせたくはない。沙季にとっての第一目標は新の望みを叶えること。余命一年という彼の事情については、追々知ることができればいい。

沙季自身、今知るのはつらい……。

頬に添えられていた新の手の親指が沙季の唇に触れる。言葉が止まると指が離れ、代わりに新の唇が触れた。

アトリエでされたときより驚きはないのに、目を閉じることができない。彼が沙季の反応を確かめるかのよう薄っすらと目を開けているので、なんともいえなく艶っぽい双眸《そうぼう》と視線が絡み、照れくさくて堪らない。

唇が離れ、また彼の親指が沙季の唇をなぞる。

「さっきより驚いた感じはないのに、……目を閉じてくれないんだ？」

「だ……だって、ですね……、こんな場所だから……」

しどろもどろになってしまう。

アトリエでは二人きりだった。しかしここはバーのカウンターで、他に客もいる。背後のボックス席からだって、誰に見られているかわからない。

見られているかもしれないと気になって、目を閉じることができなかった。

うろたえる沙季の唇に、またしても新の唇が重なる。あろうことか今度は上唇と下唇のあいだを舐《な》められた。

「せ、先生っ……」

さらに戸惑いは大きくなる。実際に誰かの目に入ったとしても見て見ぬふりをしてくれるだろうし、こんな触れて離れるだけのキスシーンを目に入れたところで騒ぐほどでもない。

それでもやはり……。

「恥ずかしい？　他に人がいるから？」

新の問いにこくりとうなずく。羞恥心に胸をくすぐられて堪らない。キスをされたからか、人の目が気になるからかわからない。

頬を指先で撫でられ、その新鮮な感覚に身体が震える。

クスリと笑った新が、思わせぶりな声で囁《ささや》いた。

「恥ずかしくならないように……二人きりになろうか」

今までで一番、大きな鼓動が胸を叩いた。

最上階、グランドスイートルーム。

全身に緊張を漲らせて入ったその部屋は、一瞬にして沙季を解放に導いた。

まず驚いたのは天井の高さ。沙季のアパートもロフト付きなので天井は高いが、ここはこのまま二階が作れるのではないだろうかと感じる高さがある。

首を反《そ》り上げたところから視界に入るレースカーテンは、生地の光沢ゆえかまるで清流が流れ落ちているかのように見えた。

シンプルだが趣味のいい北欧風の家具や内装。観葉植物や花が飾られ、豪華な室内ながら気取った雰囲気を感じさせない。

それどころか、室内に溶けこんでしまえそうな安心感がある。

「このホテルって、先生のデザインですよね」

「そうだよ」

「お部屋のデザインも全部……先生が……きゃっ！」

大きなL字型ソファに腰を下ろしかけ、吸いこまれるように身体が落ちて、驚きのあまり声が出た。

「どうした？」

横に座った新が不思議そうに沙季を覗きこむ。背もたれまで身体を沈めて硬直しながら、沙季は視線だけ動かして彼を見る。

「……すっごくふわふわで……びっくりしました」

見た目、とてもしっかりしたソファに見えたのだ。弾力があるタイプかと思ったので、座り心地の柔らかさに身体が驚いてしまった。

「……ふわふわが……想像以上で……座り心地が、気持ちいい……」

「気に入った？」

「雲に座っているみたいです……」

「素敵な感想だ。このソファは知人のデザイナーの作品だから、伝えておくよ、きっと喜ぶ」

軽く笑い声をあげ、新が腰を浮かせては下ろすを数回繰り返す。ソファの座面をわざと揺らされ、沙季も楽しげに笑い声をあげた。

「先生っ、やめてくださいよ～」

「雲か。そう言われれば、そうかも。水澤さんはたとえがかわいい」

「せんせい～、意地悪ですよっ」

面白がってやめてくれない。

いやではないものの、雲に座ってる、なんてメルヘンチックなことを言ってしまったのが恥ずかしかった。

「先生、そんなに揺らしたらソファが壊れちゃいます」

冷静で落ち着きのある大人のイメージがある人だけに、こんなふうにおどけられるとどうしたらいいかわからない。けれど、こんな意外な顔を見られるのが嬉しくもあった。

背もたれから身体を起こすと揺れが止まる。すぐに新の両手が肩にかかり、身体を背もたれに戻された。

「そのまま」

「え？」

疑問の意味を答えないまま、彼の唇が重なる……。

圧しつけてゆるめて、ゆるめてはまた圧しつけて……。ソファの座面を揺らして遊んでいたときのように、今度は唇の弾力で遊んでいる。

何度もそうされているうちに、だんだん唇の表面がくすぐったくなってくる。緩められたとき、かすかに離れる部分がムズムズして、なぜか唇全体が痺《しび》れてくる。

「せん……せ」

耐えきれなくて顎を引く。けれどすくい上げるように唇をさらわれ、顔の向きを変えながら吸いつかれた。

今まで触れることしかされていなかったせいで、予想外の行動に戸惑う。反応できないままゆるんだ唇のあわいから新の舌が滑りこみ、固まる沙季の舌をサラリと撫でる。

「んっ……」

自分でも驚くくらい大きく身体が震える。こんな反応をしてしまう自分が恥ずかしかったが、新は気にする様子もなく沙季の口腔内を攻略していく。

歯茎をなぞり頬の内側に触れて、なにもできない舌を搦《から》め捕ってはすぐに解放する。舌が動くたびに唇が強く触れあって、そこから漏れる吐息が熱くなった。

無理なことはしない。沙季が緊張してつらくなるようなこともしない。濃厚なキスをされているはずなのに苦しさはまったくなく、むしろ心地よかった。

（なんだか……ふわふわする……）

唇が気持ちいいという、不思議な感覚。黙って任せているだけで、ほんわりと体温が上がって力が抜けていく。

「ぁ……ふぅ……」

普通に息を吐いたつもりが、どこか甘えたトーンになる。くちゅくちゅっと舌を吸われ、微電流を流されたかのよう上半身がむず痒《がゆ》くなった。

「んっ……ぁ、せん……せ……ハァ……」

「どうした？　気持ちよくなったか？」

「頭……ボーっとして、寝ちゃいそうです……」

意識がふわふわする。ソファに座った瞬間のよう、雲に乗せられた気分になる。

唇を離し、新が沙季の唇の横を手の甲で拭《ぬぐ》う。

「涎《よだれ》を垂らすほど気持ちよくなってくれているのに、寝られたら俺が切ないな」

「よだれ……」

言葉に出してハッとする。まさかの思いで手で口を覆うと、確かに唇がしっとりとしていて涎が垂れた痕跡を感じる。

「す……すみませ……」

「どうして謝るんだ？　俺とするキスが気持ちよかった証拠だ。頭がボーっとするほど気持ちよかったんだろう？」

「それは……はい……」

ただ受け身でされるがままだったから、脳がストレートに新からの刺激を受け取っていたのだろう。涎を垂らして陶酔してしまうほど気持ちがよかったということ。

なんて恥ずかしいんだろう。

「こんなうっとりとした顔は初めて見た。とてもかわいらしい。ゾクゾクする」

「あ……ありがとう、ございます」

褒められてしまった。なんとなく恥ずかしい意味で言われている気はするのだが、新に褒められるのならどんなことでも嬉しい。

「こんなにかわいい顔をしてくれるなら、もっと気持ちよくしてあげないといけないな」

されるがままでいるとソファに身体を倒される。新の手は軽く沙季の腕に添えられているだけだし力が入っているわけでもない。起き上がろうと思えば起き上がれる状態なのだが、あえて抵抗する理由がない。

上から見おろされていることにドキドキする。沙季を見つめたままネクタイをゆるめる新が、なぜだろう、いつもの彼ではないような気までしてきた。

(先生……かっこいい)

いや、新はいつでもかっこいい。おまけに落ち着きのある大人で紳士で、姿を見かけただけで拝んでしまうほど素敵な人だ。

でも今は、それに輪をかけていつもとは違うかっこよさがある。

見つめられていると、へその奥がムズムズしてくる……おかしな感覚が湧いてくるような……。

「シャワー、使いたいか?」

「え?」

なにを聞かれたのか一瞬わからなかった。すぐに、こういったことをする前には身体を綺麗にするものだというにわか知識が顔を出す。

しかし〝必ず〟ではなくてもいいようだし、ムード次第では省きたい男性も多いと聞く。

新はどっちなのだろう。

「先生は……どっちがいいですか?」

「俺が聞いているんだから、俺の意見は不必要では?」

「すみません。でも、先生がどうしたいのかも知りたくて……」

新はクスリと笑って沙季の顔の横に顔を落とす。首筋に唇をつけられ、その不意打ちにビクビクッと震えてしまった。

「そうだな。こんなかわいい反応ばかりを見ることができて嬉しいと感じているところだし、このまま続けたいな。動きたくない。このままここで君を抱きたい」

「ここで……」

と、いうことは、ソファでいたしてしまうということになるのだろうか。初体験からなかなかレアな体験だなとは思うが、それが新の希望なら特に反対する理由もない。

それに座って気持ちのいいソファは寝ても気持ちがいいはずなので、問題はない。

「わかりました。このままここでいいです。よろしくお願いしますっ」

きっぱり言いきると新が勢いよく顔を上げる。こつんとひたいを小突かれ、沙季は目をぱちくりとさせた。

「俺の意見に合わせてどうする。今大切なのは水澤さんの気持ちだ。どうしたい?」

「このままでいいです。別に不都合はありません」

「水澤さんはハジメテなんだろう?　こういうふうにしたい、とかの理想はないのか。まさかソファでさっさと済まされるような初体験がいいとか思っていたわけじゃないだろう」

「先生が……それがいいって言うなら……」

「俺じゃなくて、水澤さんは……」

「先生が望んでくれることが、わたしの気持ちのすべてです」

新は沙季になにかを言わせようとしている。

おそらく、自分の意見を言わせようとしているのだ。新が言ったことに従うのではなく。沙季はどうしたいのか。それを聞き出そうとしてくれている。

そんなことを考えてくれるなんて。

その気持ちだけで充分だ。沙季にとっては、そんな気持ちをかけてもらえるだけで泣きそうなほど有り難い。

「わたしは……先生が望むことをしてほしい……。それが、わたしの幸せなんです……」

沙季の気持ちに嘘偽りはない。新の望みが沙季の望みだ。しかし彼がハアッと息を吐き、かすかに困った顔をしたのが目に入ったとき、もしやこんな気持ちは迷惑なのではと心が迷った。

「あの……先生……」

わたしの幸せ……まで言ってしまっては、少々重かっただろうか。沙季にとっては当然でも、それを向けられた新は……。

「そんな顔をするな。もういい、俺がしたいようにするから、文句は言うな」

どこか投げやりに言って、新は沙季から離れソファを下りる。すぐに彼女を姫抱きにして鋭い視線を向けた。

「わかったな」

「は……はい」

「泣くくらいかわいがってやる」

「はいぃっ⁉」

いわゆるお姫様抱っこにされただけでも息が止まりそうなのに、キリッとした鋭い視線に胸を射抜かれ、さらに「泣くくらいかわいがる」発言。

息どころか心臓が止まりそうだ。

アワアワしている間にベッドルームへ移動する。メインの照明は消えているが、ベッドの頭側にあるブラケットライトがいい具合に室内を照らしていた。

キングサイズの大きなベッドに下ろされ、戸惑いを感じる間もなく新が軽く覆いかぶさってくる。

鼻先や唇をついばむようにキスをしながら、彼はスーツの上着やウエストコートを脱ぎ捨てていった。

「先……生……」

唇が触れた場所がくすぐったい。いちいち震えてしまうので、我ながら情けなくなってくる。

けれど勝手に身体が反応してしまうのだから、自分ではどうすることもできない。

「びっくりしてばかりだな。怖い？　怖くなったら、遠慮なく言っていいから」

「い、いいえ……怖くなんかないです。むしろ、先生ですから……安心しています」

「ビクビクしているのに？」

「これは……あの……くすぐったくて……」

「くすっぐたい？　まだどこもさわってないけど？」

「唇が……触れるたびにくすぐったくて……。そうしたら口の中とか胸の奥までムズムズしちゃって……。すみません、なんかヘンですよね」

キスをされているだけなのにおかしなことを言っている。そんな気がして苦笑いが浮かんだ。新もまぶたを上げて沙季を見ている。おかしな女だと思われているのではないだろうか。

「ムズムズ……か。そうか……」

呟きながらネクタイを引き抜き、新は上半身を起こしてワイシャツを脱ぐ。楽しそうに笑いながら沙季のブラウスのボタンを外しはじめた。

「なかなかかわいいことを言う。もっとくすぐったくしてやる」

「えっ、せ、先生っ？」

（それは意地悪というのでは⁉）

戸惑っている間に胸を開かれ、ブラジャー越しに胸のふくらみを掴まれた。

両手で寄せ上げるように動かされ、過度に作られる谷間に新の唇が落ちる。

「あっ……、先せ……」

思わず手が動きかかった。しかしどこに持っていっていいかわからなくて中途半端に浮いたまま止まる。

頭に置いたらこの行為を喜んでいるみたいだし、頭を押したらいやがっているみたいだ。肩に置く、背中に回す、いろいろあるが、そもそも新の肌に触れるなんて、そんな図々しいことをしてもいいのだろうか。

「どうした？　抱きついてもいいんだぞ」

「そんな……先生に抱きつくなんて……」

「俺は、抱きついてくれたほうが嬉しい。そのためには、君が抱きつけるようにしてやらないと駄目だってことだな」

「え……？　あっ……！」

言葉の途中でブラジャーのホックを外され、戸惑う間もなくブラウスごと身体から抜かれる。

上半身を覆うものがなくなったと意識できたときには、胸のふくらみに大きな手の指が喰いこんでいた。

「せん……せぃ」

「綺麗な胸だ。とてもさわり心地がいい」

「あっ……」

まるでピアノでも弾《ひ》いているかのように五指が動く。柔らかなふくらみに喰いこんでは戻り、また違う指が喰いこみ……。

揉《も》みほぐされる感覚はマッサージに似ている。似ているのに、コリをほぐされる気持ちよさではなく、くすぐったさを伴う気持ちよさが胸から広がっていく。

胸から体温が上がってきて、おへその奥が熱くなってきた。

「んンッ……ぁ……」

頭を左右に振り、この不可解なむず痒さから逃げようとする。もちろんそんなことで治まるわけもなく、新がふくらみの頂《いただき》に舌で触れた瞬間、今までにないくらい身体が跳ねた。

「ひぁっ！」

「そんなに驚くな」

「す、すみませ……ひぁぁっ……ンッ！」

謝った矢先に同じような声が出る。続けざまに舌を撫でつけられ舌先でくすぐられて、むず痒さが違う感覚に変わっていくのを感じた。

「あっ……や、ぁ、くすぐった……ぁん」

違う。くすぐったいのではない。与えられる刺激に慣れていくと、これがじれったさに変わっていく。胸をさわられているのに、なぜか腰の奥が重くなる。ジンジンする微電流が足先に向かって進んでいく気がして、沙季は両脚をシーツに擦りつけた。

「せんせ……そこ……ぁぁっ……」

漏れる吐息が熱を帯び、普通に出しているはずの声に切なさが混じる。こんな声が出るなんて知らない。自分に出せるなんて考えたこともない。

「そこ……舐めない……でくださ、ぅウンッ……」

「わかった。舐めない」

「ひぁっ……！」

舐めないと言った次の瞬間、頂に吸いつかれる。驚きのあまり行き場のなかった腕を新の頭に巻きつけてしまった。

「すみませっ……、あぁぁんっ！」

すぐに離そうとするものの、そうはさせるかとばかりに舌を使われる。彼の口腔に閉じこめられた頂で、先端が舐《ねぶ》り回された。

それどころか、大きな手に揉み崩されているほうのふくらみも指の腹で先端を擦り回される。その刺激が強すぎて、新の頭から手を離すことができない。

「やっ……や、ダメ……せん、せ……あぁぁっ……！」

おまけにどんどん強くなるもどかしさのせいで、新の髪を混ぜるように頭を撫でては胸に押しつけて、上半身を左右にくねらせてしまう。

まるで「もっとしてほしい」とでも要求しているよう。こんな恥ずかしいことを新に対してしてはいけないと思うのに、感じるままに抱きついている現状に感情が煽《あお》られる。

そして、こんな恥ずかしいことを、敬愛する新にされてしまっているのだという現実に……罪悪感が漲るほどに興奮していた。

「せんせ……ぇ、ダメ、あっンッ……おかしくなっちゃいま、す……ぅ」

「ん？」

やっと新が唇を浮かせてくれる。とたんに胸の頂が熱くなった。彼の口腔内にあったときはこんな熱さは感じなかったのに。

熱がもどかしさに変わっていく。放しちゃ駄目と、本能が今までと同じ行為を求めた。

「まだ、君がおかしくなるようなことはしてないはずだが」

「ですけど……ぁの……」

先端がじくじくして堪らない。先程まで舐《な》め回されておかしくなりそうだったのに、今は舐めてもらえなくなったせいでおかしくなりそうだ。

むず痒さを我慢するために肩を開いて胸を張る。力を入れたら気が紛れるかと思ったが、意図せず乳頭が新の唇に触れてしまい、そのかすかな刺激にさえ反応した。

「アンッ……んっ」

「こんなにイイ反応をしてくれるのに『ダメ』はないな」

「そ、そこでしゃべらな……ぁぁンッ……」

唇が動くと、かすかに突起の表面を擦られる。おまけに吐息がかかって頂が妙に火照《ほて》る。

「でも、気持ちよくなってくれているみたいだ」

親指と人差し指で先端をつままれ軽く擦り動かされる。指の腹で擦られるのとはまた違う刺激で、官能の炎が一気に大きくなった気がした。

指に力が入ったと思えばゆるめられ、先端が揉みこまれていく。むず痒さを伴う熱が胸全体に広がっていって、もどかしさでいっぱいになる。

そのせいか胸が苦しくて、切ないトーンで漏れる吐息が止まらない。

新は沙季の反応を「気持ちよくなっている」と言っていた。それなら、これが〝感じている〟ということなのだろうか。

（先生が言うなら……きっとそうなんだ）

新がさわることで、沙季の身体が快感を得ている。すごいことだ。

「胸の先が硬くなっている。水澤さんが感じてくれている証拠だ。こうやってさわられるのは初めてみたいだから心配だったが……ちゃんと感じてくれてよかった」

「いいん……ですか？」

「なにが？」

「わたしが……こんな……あの、感じたりして……」

「感じてくれたほうが嬉しい。ちゃんと気持ちよくなって、満ち足りた気持ちになれるセックスでできた子どものほうがいいだろう？」

「は……はいっ……」

少し生々しく感じてしまい、返答に焦《あせ》る。

けれど確かに、恐縮ばかりしてうろたえているより、幸せな気分で身体を重ねた結果として子どもができたことを知れるほうが、沙季も嬉しい気がする。

「そう、ですね……そう思います」

照れくささもそう答えると、新が唇にチュッとキスをしてくれた。

「だから、感じていることが悪いことのように考えるな。素直に感じてリラックスしろ。いいな、沙季」

「……ひゃぁっ⁉」

いきなり呼び捨てにされておかしな声が出る。せっかく素直に感じようと気持ちが決まりかかったのに、別の部分で動揺が走った。

「仕事意識から抜けたほうがいい。そうしなければ、君はずっと俺のことを先生としか見てくれない。リラックスできないだろう？　だから、俺のことも名前で呼ぶように」

「名前……ええっ⁉」

「難しく考えるな。呼びかたを変えるだけだ。できるな？　沙季」

「えっ、あの……、あっ！」

あたふたしているうちに新の手がスカートをたくし上げながら太腿《ふともも》を上がってくる。無造作に開いている脚を閉じる間もなく付け根に到達し、腰がビクッと震える。

股間をキュッと押してくるのは新の手だ。羞恥が大波になって襲いかかってくるのは、彼の手が恥ずかしい部分にあるからという理由ばかりではない。

その部分を押されることで、しっとりとした感触が強く広がるのがわかる。それが、とんでもなく恥ずかしい。

「すまない。先に脱がせてやればよかった」

沙季が恥ずかしさで固まっているのをいいことに、新はストッキングとショーツを一気に脚から抜いてしまう。当然のようにスカートも取られ、ベッドの外へ消えていった。

「あんなに感じていたんだ。こうなって当然だ。察してやれなくてすまない」

「い、いいえ、……ぇっと……」

謝られても、どう答えたらいいものか。こんな状態になってしまったのは新が悪いわけではなく、沙季が感じてしまったからだ。

彼の手に押されて、ショーツがぐっしょりしているのを感じた。それだけ沙季が濡《ぬ》れてしまっていたのだろう。

「わたしこそ、すみません。……ハジメテなのに……こんなに……」

「いや、いいことだ。沙季が感じたほうが嬉しい」

名前を呼ばれることにまだ慣れない。次の言葉が出ないでいると、腰を新の膝にのせられる。脚を大きく開かれ、さらに言葉が出なくなった。

「すごく感じてくれたんだな。嬉しいよ。沙季の綺麗な汁でいっぱいだ」

「き、綺麗ではないと……あの、見ないでくださ……」

腰が上がっている状態で開脚しているので、ダイレクトに新がそこを見ているのがわかる。自分でも見たことがないような部分を凝視されるのは、なんて恥ずかしいんだろう。

「綺麗だよ？　沙季が垂らしたものでキラキラしている。透明度の高い泉みたいだ。……ほら、わかる？」

たぷんっ……と、なにかが潤みの中に飛びこんだ気配がする。それが新の指だとわかったのは、秘唇をぐるりとなぞられたからだった。

「はぅ……ンッ……！」

腰が跳ねて、わずかに背が反った。彼の膝にのせられていなければもっと大きく反り上がった気がする。

「あっ……あ、ダメ……」

新の指が秘部で動き回る。とても滑らかに泳ぎ、そのたびにぐちゅぐちゅと水音をたてた。

こんな音をたててしまうほど濡れていたのかと思うと恥ずかしくて堪らないのに、なぜだろう、……昂《たか》ぶってくる自分も感じてしまう。

新の指に与えられる刺激が言い表せないほど心地好く扇情的で、尾てい骨のあたりが重痒くなってはあたたかいものがあふれていく。

「本当に泉だな。湧き出してくる。気持ちいいんだな、沙季」

「あっ、あぁ……ごめんなさ……あっ、んっん……」

「謝らなくていい。……かわいいな、ほら、ここも興奮して顔を出してきた」

その瞬間、感電したかのように全身が跳ねた。声は出ず、沙季は大きく息を呑んで止める。

「ここ、自分でいじったことはある？」

秘部の上部を大きく指でつままれる。先程感じたほどの衝撃ではないにしろ、ずくんと胎内が疼《うず》くような刺激が走った。

新が言っているのは、おそらく陰核と呼ばれる部分だろう。快感が高まる場所だという知識だけはある。けれど知識だけで、さわったこともさわろうと思ったこともない。

「ない……です」

「そうか。それじゃ、指でいじられるのはつらいかな」

沙季の腰を膝から下ろした新が身をかがめる。脚を開かれたまま内腿《うちもも》を押さえられ、指でいじられていた部分に舌が這った。

「あっ……！　やっ……！」

反射的に両手が伸び新の頭を押さえる。押しのけようとしたのに、そのまま彼の髪を掴んでしまった。

「あぁっ……せんせ……ダメェっ」

ぺちゃぺちゃとすする音をたてながら、新の舌が秘部の潤いをすくい取っていく。指でさわられるのとはまた違う感触だった。

指ほどの力強さはないのに、ぬたっとした厚ぼったいものが撫でつけられる不思議な感触。ぬるぬるっと動き、まるで単体の生き物が這っているよう。

ソレが秘部の上のほうでぐるりと円を描く。最高の性感帯を取り囲む皮膚を、肝心の部分には触れず押すように舐め回した。

「アンッ、ん……せんせ……ぃ、やっ、ダメ……」

「名前で呼びなさいと言ったろう？」

「でも……あっ、ぁぁ、ンッ」

「名前で呼んでくれたほうが、俺は嬉しい」

これは……ちょっとずるい。

新は沙季が「先生の言うことは絶対」という信念を持っているのを知っている。デザイナーとしての善家新が大好きなことを承知の上で言っている。

新が喜んでくれるなら……。沙季がそう考えるであろうとわかるからこそ言っているのだ。

ズルイ……。とは思う。けれど結局、沙季は新の要望に逆らえない。

「あ……あ、ぁら……せんせ……ぃ、でも、あぁぁんっ」

名前を口にしようと頑張るが、恥ずかしさに負けてしまった。それを許さなかった新に敏感な突起の先を舌でくすぐられ、電気を流されたような刺激に両脚が痙攣《けいれん》した。

「あっ、あっ、ダメっ、そこ、舐めちゃ……ンッ！」

「沙季が嬉しくないこと言うから」

「いっ、いじわるですよっ、せん……せっ、ぁぁ、あっ、やぁん」

先生ではなく名前で呼ばなくては。新がそれを望んでいるのだから。

そう思うのに、なかなか口から出てくれない。男性を下の名前で呼んだことなどない。それだからよけいに戸惑ってしまう。

「沙季は、俺が嫌いなのか？」

「そんなわけないじゃないですかっ」

「じゃあ、呼べ。こんなときにいつまでも先生なんて呼ばれたら、悪いことをしているみたいで気分が萎える」

「あ……」

言われてみれば、いつまでも「先生」と呼ばれていたら、仕事関係かファンの女の子を抱いている気分にしかならないかもしれない。

新がファンに手を出す人だとは思えないので後者は省くが、なんにしろ、性欲が煽《あお》られるような気分にはなれないのだろう。

子どもを作ろうとしているのに、それではいけない。新がソノ気になってくれなければ、沙季一人で子どもは作れない。

「あ……ぁぁ、あ……ら、たさ……ぅんんっ」

頑張って呼ぼうとしているのに、新の舌はうろたえている沙季の決断を待っていてはくれない。考えているあいだも舌先で突起を撫で、ざらつく表面でその周囲に愛液を広げながら舐め上げていく。

突起に触れられて発生していた痺れは、徐々に大きなもどかしさに変わる。沙季の官能を煽り、普通に出そうとする声も喘《あえ》ぎ声になってしまう。

「あぁあ、ダメェ……あら、たさ……ん、ンッ……ハァ、ぁっ」

「沙季、もっとハッキリ」

「あ……あらた……さ、ん……」

「もっと」

「はぁ……あっ、ンッ、新、さん……」

わずかにハッキリと言えた瞬間、戸惑いのようなものがスゥッと引いていく。代わりに湧き上がる、ちょっと大胆な思考。

――思いきって呼んだら、すごく嬉しくて、気持ちよくなりそう。

「……新さん……新さんっ、ダメっ……そこ、そんなに……」

「おかしくなりそうか？　沙季」

「はい……はいっ。おかしく、なる……あぁっ、新さ、んっ」

「よし、ちゃんと呼べたご褒美に……おかしくしてやる」

「はぃっ……？」

上ずった返事をしてしまってからすぐ、肝心の突起に吸いつかれる。強い刺激が腹部で爆《は》ぜて、目の前で火花が散った。

「ひゃ……ハァ、あぁっ、あぁぁっ――！」

腰がピクピク震えて腹部が波打つ。新の頭に置いていた手で彼の髪を掴み、沙季はその刺激に流されそうな自分に耐えた。

「あひっ……ハァ……アッ、あ……あっ、ダメっ」

吐息を震わせていると、新が吸ってゆるめてを繰り返す。いつもこっそりと隠れている秘めやかな部分に存在を主張する強い愉悦が与えられ、彼の口の中でぐちゅぐちゅと嬲《なぶ》られる。

「アッぁ……やぁぁ……新さん……新さ……ほんとに、おかしくなっ……ああンッ」

上半身をうねらせ、動く範囲で両脚をシーツに擦る。

腰が左右に動くが口腔の包囲網から逃れられるはずはなく、むしろ舌まで使われてどんどん愉悦が溜《た》まっていく。

「ダメ……ダメ、そんな、に……やぁァン……」

許しを請うような、媚《こ》びるような、甘ったれた声。自分がこんな声を出してしまうなんて信じられない。けれど、意識して止めることができない。

「いいから、沙季。もう一度おかしくなれ」

秘珠を甘噛みされ、またもや火花が弾ける。新の髪を握って頭を左右に振り、沙季は感じるままに身体を弓なりに反らした。

「やっ、ああっ！　おかしくなっ……あああ――――！」

腰が小刻みに震え、秘部がヒクヒクと痙攣しているのがわかる。いやらしい反応をしているのはわかるがどうにもできない。

それどころか反応に任せるままにしていると、お腹の奥に小さな愉悦が溜まっていく。なんだか一人勝手に快感を得ようとしているようで、わずかな罪悪感に襲われた。

新が顔を上げ上半身を起こすと沙季の手が離れる。顔に垂れた前髪を大きく掻《か》き上《あ》げる新を見てドキッとするものの、興奮してかなり彼の髪を掻き混ぜてしまっていたと思いだした。

「すみません……髪……」

「ん？」

「痛くなかったですか……？　かなり強く掴んじゃって……」

「大丈夫。沙季が夢中になってくれた証拠だ」

「夢中って……」

そう言われると恥ずかしい。感じるままに任せていただけなのだが……。

「ちゃんと感じて二回もイってくれただろう。俺も興奮して痛いどころじゃなかった」

……そう言われると、かなり恥ずかしい……。

「あの……新、さん……、興奮したんですか……？」

本来なら聞きづらい質問だ。新自ら言ってくれたのできっかけができた。彼が萎えたままではいけないと、頑張って名前を口にした成果があったということだろうか。

「興奮したよ」

新が顔を近づけ沙季の瞳を覗きこむ。初めて見る、とんでもなく艶っぽい双眸がブラケットライトのあたたかい灯《あか》りの中で揺らめいて、胸の奥がぎゅうっと締めつけられた。

「沙季が、甘えた声で俺を呼んでくれるから。すごく興奮した。今もしてる」

締めつけられた胸から、なにかがじわじわと滲《にじ》み出していく。温かくて、しっとりとした……甘い感情。

――――これは……なんだろう……。

「沙季は素直に感じて態度に出るから、わかりやすい。もっと感じさせてやりたくて、やりすぎるところだった」

身体を起こしトラウザーズに手を掛けたので、沙季は慌てて顔をそらす。彼が下も脱ぐということはこの先に進むということだ。そう思うと急に鼓動が速くなった。

「そ、そんなことしたら、強く髪を引っ張っちゃってましたよ。もっと痛くなっちゃう」

「それでもいいかな。なんたって俺は、これからもっと痛いだろうことを沙季にするから」

言葉が出ない。

もっと痛いこと。それがなんのことかは、もちろんわかる。

衣擦《きぬず》れの音は新がトラウザーズや下着を脱いでいるものだろう。いよいよなんだと思うと、また鼓動が速くなって脚の付け根にムズムズしたものが溜まった。

「沙季」

「は、はい」

返事はするが顔は向けられない。彼が脱いだ衣服をベッドの外へ落した気配がしたので、顔を動かせば全裸姿が視界に入ってしまう。

いやだとか見たくないとか、そういう気持ちではなく、自分が見てしまってもいいのかと迷うのだ。本音を言えば……ちょっと見たい……。

あれだけ素敵で芸術的センスもある人だ。きっと脱いでも素敵なのだろうと……。

（や、やらしいなっ、わたしっ。裸が見たいとか、なんて恐れ多いことをっ）

心の中で慌てふためく沙季の目の前に、小さな包みが現れる。薄い真四角の包みは円形のものがパッケージから浮き出ていて……。

「えっ⁉」

「今回はこれを使う」

名称がハッキリと思い浮かばないうちに包みから顔を引く。おそらく避妊具だと脳が認識してすぐ、それを持っていた新が封を切った。

「え？」

先程の「え」は驚きから出たものだが、今回のは疑問からだった。この行為の目的は子づくりだ。そこに避妊具は不必要ではないか。

困惑しつつ顔を向けると、新はパッケージから本体を出しながらふわりと微笑む。

「沙季はハジメテなんだから、最初くらいは思い出にできるような綺麗なセックスをしよう」

「綺麗なって……わたし、別に……新さんが直接入ってきて、というか、そういうことされて汚いとかそういうことは……」

「わかっている。俺も汚いとか言われたら悲しいし。そういうことじゃなくて、子どもを作る、なんて前提がなければ、沙季は本当に好きな人に抱かれて幸せな気持ちでその瞬間を迎えたかもしれない。特殊な事情でこういうことになってしまった。……俺は、少しでも沙季に、幸せな瞬間を疑似体験させてやりたい」

話しながら、新は避妊具を自分自身に施していく。そそり勃つソレが視界に入っているのに、沙季は新から目をそらすことができなかった。

「相手が俺だって時点で、疑似体験にしかできないが……。それでも、沙季が俺に抱かれてよかったと思えるようにしたいんだ」

「新さん……」

なんて優しい理由なんだろう。

子どもが欲しいというのは新の希望なのだから、志願した沙季をそのために利用すればいいのに。ハジメテの沙季に心を割いて、気持ちにまで配慮してくれるなんて。

胸が熱い。トクントクンとときめき続けるところがギュッと締めつけられて、全身が甘く潤っていく。

この人に……ここまで想ってもらえるなんて……。

（どうしよう……気持ちが溺れそう……）

目頭が熱くなってくる。黙っていたら泣いてしまいそうで、沙季は両腕を新に向けて伸ばした。

「抱きつかせてください」

「いいよ。大歓迎だ」

沙季の両膝を軽く立てて開かせ、そのあいだに新が身体を沈める。覆いかぶさってきた彼の背中に腕を回し、沙季は泣きそうな顔で微笑む。

「初めて抱いてくれるのが、新さんでよかった……。とても幸せです」

「沙季……」

唇が重なる。続いて秘部に熱い塊が押しつけられたのを感じた。

優しく唇をついばみながら、下半身に大きな質量が喰いこんでくる。あれだけしとどに濡れて指も舌も歓迎したそこは、迎えたことのない大きさに戸惑い膣口を硬くした。

「ハァ……あっ！」

ボコッと、大きな空気の塊がお腹の奥を圧迫するような鈍痛が走った。膣口が熱い。おそらく痛みからきているのかもしれないが、それよりも圧迫痛が勝ってあまりそちらに意識がいかない。

「ん……ふ、ンッ……」

出そうな声をすべて新に吸い取られる。ついばんでいた唇は深く吸いつき、沙季の舌を搦め捕って吸いたてた。

未開の隘路《あいろ》を拓《ひら》いていく剛直は、沙季の様子を探るように慎重に進んでくる。深さが増すたび繋がった部分に走る痛みは、どことなく火傷《やけど》の痛みに似ているような気がした。

どこまで入ったのかはわからない。新が軽く唇を離すと、沙季の口から細く長いうめきが漏れる。

「ハァ……ぁぁ、ぁっ……」

「苦しいとか……ないか？　眩暈がするとか、動悸でつらいとか」

今の状況で尋ねるなら痛みの度合いだと思うのだが、まるで病人に具合を尋ねているかのようだ。

そう考えると、逆に新の身体が心配になってきた。

新の病気がなんなのか沙季は知らない。今知ってもつらくなるだけだから、話さなくてはならないときがきたら話す約束をした。

興奮して心拍数が上がると体調が悪くなる病気ではないだろうか。苦しいのは新のほうなのではだとしたら、子どもを作るなんて過酷な申し出をしてしまったのでは。

「わたしは……大丈夫で……す。ぁっ……ハァ……身体が、ビックリしているだけ……。新、さんは……大丈夫ですか？」

「俺？　大丈夫じゃない」

「えっ⁉」

今のひと言で、膣口の痛みも圧迫痛も飛んでいってしまった気がする。代わりにおかしな焦りと汗が噴き出してきた。

「身体は早くもっと沙季のオクまで入りたがるし、理性は焦るな落ち着けと止めるし。どうしたものか。悩ましい」

「は……？」

予想外すぎる理由が意表をつきすぎた。一瞬呆気《あっけ》にとられたせいか、不要な力がふっと抜ける。

それを狙ったかのように、新の屹立《きつりつ》がずぶずぶずぶっと一気に押し入ってきた。

「あぁぁぁんっ……！」

「沙季、もう少し……」

最後の一押しとばかりに、新がぐぐっと腰を進める。恥骨同士が密着したところで止まり、ハアッと安堵の息を吐いた。

「全部入った。沙季が力を抜いてくれたおかげだな。ありがとう」

「ちから……、あっ、ぁ、ん……」

一瞬でも身体のこわばりが解けたのはいいことだったらしい。もしかして挿入の緊張で力が入っていたから、新は沙季の中に入れなくて「大丈夫じゃない」と言ったのかもしれない。

（病気で苦しいとかじゃないんだ）

それがわかっただけでも安心だ。ホッとすると自分の痛みも軽減されている気がした。

「急にリラックスできた？　沙季のナカ、柔らかいのにすごく締まって、最高に気持ちいい」

「そ、そうですか……？」

生々しくてちょっと照れてしまう。しかし新が沙季の身体で気持ちよくなってくれているのだと思えば、喜びしかない。

「新さんが、喜んでくれてよかった、って。そう思ったら嬉しくて、気持ちが楽になりました」

「そんなことで初挿入が楽になるなんて、沙季は本当に俺が大好きだな」

「はっ、はいっ」

いつも言われているセリフだが、この状況で言われると尊敬とかではなく恋愛感情という意味で言われているのかと思えてしまう。

（恋愛感情……）

新と視線が絡み、その艶のある凛々《りり》しい双眸に、とくん……と鼓動が跳ねる。

——この人にこんな目で見つめられて、恋をしない女性なんていない……。

本気でそう思う。けれど、沙季はそんな感情を持ってはいけないのだ。新は沙季にとっての恩人で……沙季の、神様だから。

射抜いてしまいそうなほど沙季を見つめたまま、新は動かない。当然沙季も、身動きするどころか視線をそらすこともできなかった。

下半身はしっかりと繋がっている。身体の中が新でいっぱいで、パンパンに詰まっている感じがした。

「あ……」

おへその裏がむず痒くて、腹部に力を入れると繋がった部分に刺激が走る。吐息が震え切ない声が出た。

「どうした？」

「……ムズムズ……して……。んっ、ハァ……」

「ムズムズ？　どこが？」

「あの……あそこ……」

「沙季が俺を締めつけて逃がさない所？」

これはうなずくことしかできない。なんて言いかたをしてくれるのだろうとは思うが、場所的に間違いではないので文句も出ない。

「動いてないのに？　感じる？」

「はい……そうですね……」

挿入したまま、新は動いていない。

黙っているのに感じる、というのもおかしいのかもしれないが、彼が体内にいる、彼と繋がっている、貫かれているんだと思うだけで身体が反応を起こすのだ。

彼にもたらされる大きな充溢感《じゅういつ》が、甘い痺れを伴うなにかにすり替わっていく。隘路をいっぱいにされているだけで、全身が口では言い表せない官能に包まれた。

「ぁあっ……、どうし、よう……、新、さん……」

我慢できなくなってお尻を締めると一緒に淫路もキュッと締まる。そこに嵌《はま》っているモノの太さを実感して、官能と一緒に腰が揺れた。

「どうした、沙季。欲しくなったか？」

「……わからないけど……でも……」

彼の大きさが、形が、熱さが、黙っているだけで全身に沁みこんでくる。じわじわと浸透して、なんともいえない愉悦があふれてきた。

「身体が……新さんを感じたがってる……」

「わかった。動くから、もしつらかったら教えてくれ」

「はい……」

つらいことなんかあるはずがない。彼に抱いてもらって、つらいなんてありえない。

新がゆっくりと腰を揺らしはじめる。キッチリ詰まっていたものが無理のないふり幅で出し挿《い》れされた。

「あっ……ンッ、ん……」

おだやかなりにもどかしい刺激が生まれてくる。全身が心地よさに包まれるなか、着火されては休められ、休んだところでまた着火される官能が、もっともっとと先を求めてくる。

「新……さん……」

「なに？　沙季」

視線を上げれば、新はずっと沙季を見つめている。尊みしか感じない彼の瞳は、見つめられているだけで全身が震える。

「ん？　もう少し刺激が欲しいのかな？」

口には出せないことを言われてしまいドキッとする。そしてまた沙季の胸が飛び上がるほどの微笑みを浮かべ、キッチリと詰まった屹立を押しこんだまま大きく腰を回した。

「あっ、ああ！」

ビクビクッと震えて腰が浮く。抜き挿しされるのとは違う方向でナカが擦られる。それだけで刺激の質が違い、生まれる愉悦も違う。

そしてまた、痛みを忘れていた膣口を広げられ、痛いような、でもいやがるほどではないような、微妙な気持ちになる。

「んっ、ぁ、新さん……それ、いやぁ……ん、ンッ」

新の肩に腕をかけて首を左右に振る。自分でも恥ずかしくなるくらいの媚《こび》た声が出てしまったが、新が愛しげに微笑んでくれたのでこれでいいんだと思うことにした。

「じゃあ、これのほうがいい？」

先程よりも大きく腰を引き、ゆっくりと挿し入れる。

繰り返されて大きな摩擦感に慣れてくると、膣路全体が性感帯になってしまったかのよう、新が動くたびに快感が全身をめぐる。

大きく引いた先端が膣口で引っかかる。抜けそうなところまで引っ張って、やめたとばかりにまた突きこまれた。

「あぁぁ、ァンッ、あらた、さ……ぁん」

「沙季は、思いがけず、ずいぶんとかわいい反応をしてくれるんだな。すごくゾクゾクくる」

「んんっ、そんなことな……ぁっ、ハァ、ああっ！」

「そんなことあるんだよ。……仕事以外でこんなに興奮するのは……久しぶりだ」

一瞬、新の声に狡猾《こうかつ》なものが混じった気がした。また大きく引かれた剛直が突きこまれ、すぐに勢いよく引かれて、そのままリズミカルに抜き挿しが繰り返される。

「あぁぁっ！　ぅうンッ……あっ！」

「イイ顔をする……」

沙季の頬を撫で満足げに呟くと、新は沙季の胸に顔を落とす。揺れる白いふくらみに吸いつき、頂を舐めたくっては吸いたてた。

「あっ、あ、ぁ、や……やぁん」

蜜窟の快楽に溺れそうになっているところへ、取りこみやすいダイレクトな快感が入りこむ。胸から発生する甘さが新しい快感を引っ張り上げ、貫かれる刺激をもり立てた。

「ああっ！　ダメ……ダメェ……身体、へんにな……ああんっ！」

胸の先を執拗《しつよう》にちゅくちゅく吸われ、釣られて疼くもう片方を指でつままれる。上半身がもどかしさにうねり、揺れる腰が甘く痺れて蕩けてしまいそう。

突かれる速度が速くなった気がする。本当に身体がヘンになってしまいそうだ。ハジメテなのにこんなに感じてしまうということは、既にヘンになっているのかもしれない。

「ァん、あらた……さぁん、ごめ……なさ……ぁぁ」

「なにを謝っているんだ？」

「だって……こんな……ゥんん、こんな、感じて……あっ、あんっ」

挿入されて緊張していたのが嘘のよう。新の滾《たぎ》りが出し挿れされるたび信じられないほど気持ちいと感じてしまう。

律動に合わせて襲いかかる快感の波。抗うことはできず、ただ流され、呑みこまれ、弾《はじ》けてしまいそうな感覚が溜まっていく。

「もっと感じていい。感じて幸せになった沙季を見せてくれ」

「ああっ！　そん、な……、ダメ、身体、おかし……く、はぁアンッ」

苦しいほどのもどかしさから、沙季の腰が自然と揺れる。気持ちよさとじれったさが同時に襲いかかってきて、沙季は泣き声のような嬌声《きょうせい》をあげた。

「ダメ……ダメェ、新さ……んっ！　もうっ……！」

「充分だ。イイ子だな、沙季。イっていいぞ」

新がえぐるように腰を突き上げる。電気ショックを起こしたかのような刺激が走って、溜まっていた疼きが弾け飛《と》んだ。

「ああっ……、あ、やぁぁんっ――――！」

腰が反り上がり、膝を立てた脚のつま先が立つ。全身に甘い痺れが走って、そのまま意識が流されそうになった。

「ひゃっ……⁉」

しかし次の瞬間、新が今までにないくらいの激しさで腰を揺らす。なにもできないまま揺らされるだけの身体に、またもや快楽が溜まっていった。

「あっ、やぁぁん、新さ……！」

「本当に沙季は素直だな。ほら、今度は一緒にイこう」

「ああっ！　ダメ、ダメェっ……またおかしくな……あぁぁ！」

弾けたばかりの官能が再び煽られ歓喜する。与えられる快楽に抗えないまま、沙季は先程と同じように高みへ引っ張り上げられ……。

逃れられない、甘い快楽の奈落へ堕《お》ちる。

「やぁっ、あぁぁん、新さっ――――！」

「沙季っ……！」

初めて聞く、彼の切羽詰まった声。

それがなかったら、沙季はそのまま意識が飛んでいたかもしれない。

深く繋がったまま、新が動きを止める。軽く覆いかぶさり唇を合わせるが、お互いの吐息が荒いままなので、くちづけを交わしているのか吐息を交わしているのかわからない。

重なった胸がしっとりとしているのがわかる。大きく脈打つ鼓動をふたつ感じるのが嬉しい。興奮していたのは自分だけじゃないと実感できる。

「沙季……沙季……」

囁きながら、新は顔中にキスをくれる。まるで気に入ったものを夢中で愛《め》でているかのよう。そう考えてしまう自分が恥ずかしい。

けれど、彼と快感を分け合ってこうして肌を重ねているのだと思うと、とても嬉しい。

夢のようだ。

まさか、こんな日がくるなんて。

「新さん……」

沙季は両腕を新の背に回し、今出せる力でぎゅうっと抱きつく。なんて嬉しい時間なんだろう。今、このときを感じられただけでいい。

……なんて、本来の目的をおろそかにしてしまいそうだ。

「とても……幸せな気持ちです。ありがとうございます。幸せすぎて死んじゃいそう」

「馬鹿。まだ駄目だ」

「はい」

沙季を抱き返して頭を撫でてくれるので、沙季も嬉しくなって頭を彼に擦りつけ、ふふっと笑う。

死んじゃいそう、などと彼の前で不謹慎な発言だったかと焦りかけたが、本人はそれほど気にしていない様子なのでホッとした。

子どもを産ませてくださいと嘆願しておきながら、その役目も果たさないうちに「死んじゃいそう」はない。

それだから「まだ駄目だ」と言われてしまったのだろう。

新は、沙季に子どもを産むことを許してくれている。彼のＤＮＡを受け継ぐべき者を託してもらえるのだ。

頑張ろう。彼の希望に沿えるように。

彼に、恩返しができるように……。

「沙季、抜くぞ」

「え？　はい」

なんのことだろうと思った矢先に、身体の中を埋めていた大きな質量がズルッと抜けていく。挿入されるときとはまた違う刺激。腰がぶるっと震え、大きく息を呑む。

「ん～～～～」

ぶるぶるっと身震いをする沙季を見て、新が軽く笑い声をあげる。上から身体をよけ、沙季を抱き寄せながら横たわった。

裸の身体が密着して肩を抱かれ、おまけに頭が新の肩にのっている。まるで恋人同士の事後のようではないか。嬉しいやら申し訳ないやら。

……幸せすぎる。

「いきなり抜けてびっくりしたか？　すまない。沙季のナカが心地よくて全然治まらないから。あのままだとまたシたくなる」

「え？　あの……いいんですよ。新さんがしたいようにシてくれて……」

「ついさっきまで処女だったくせに。生意気言うんじゃない」

コンッとひたいを小突かれる。すぐ同じ場所に新の唇が触れた。

「無理はさせない。それこそ、ついさっきまで処女だった身体に、いきなり何度も男を教えこむようなことはできない」

「新さん……」

胸がジンッとする。いっそ自分から覆いかぶさっていきたいくらい気持ちが高まった。

「ありがとうございます。そんなに気を遣ってもらって……」

「なにを言っている。沙季の身体を第一に考えなくては。なにかあったら大変だ」

「そうですね……、まだ、本格的に仕込んでませんもんね」

軽い冗談のつもりだった。言いかたが思わせぶりでいやらしいかな、と思ったりもする。新なら笑って聞き流してくれるだろうと思ったが、彼はとても真面目な表情になった。

「そのことなんだが……、沙季、本格的に仕込むためにも、一緒に暮らさないか」

目をぱちくりとさせてしまう。

冗談を冗談で返されたのかと一瞬だけ思ったが、新はこんな真面目な顔で人を困惑させるような冗談を言う人ではない。

「は、い？」

返答に困りつつ彼を見る。そんな沙季を意に介さず、新は至極真面目な顔で先を続けた。

「正直なところ、時間がない。沙季が言うように一年以内に……と考えれば、ギリギリ三ヶ月以内に、いや、一ヶ月か二ヶ月以内に身ごもらなくてはならないことになる。安全に出産して子供の顔をちゃんと見て、と考えれば、すぐにでも仕込まなくてはならないだろう」

冗談とか言っている場合ではない。新の話は真剣に考えなくてはいけない内容だ。

子どもが産まれるまで、問題なく進めば十か月弱、正確には四十週かかる。

できれば生まれた子どもの顔を新に見せてあげたいし、欲を言うなら抱っこしてほしい。もう少し欲張れば、名前も付けてほしい。

彼がそれをできるくらい元気なうちに産みたい。そう思えば、すぐにでも身ごもっていいくらいだ。

気を遣ってくれたが、もし今日が妊娠する可能性のある日だったなら、それを逃してしまったことにもなる。妊娠可能日は三日間ほど続くと記憶しているので、明日も身体を重ねればもしかして……という希望も見えるが、どうなるかはわからない。

「妊娠しやすい日を狙って、という手もあるんだけど。沙季は、そういった日を把握している？」

「して……ないです。気にするようなこともしたことがなかったので……」

性経験があるなら少しは気にすることもあったのかもしれないが、今まで一度たりとも気にしたことがない。

よく考えれば月経周期もあまり定期的ではない。気にするほど不定期というわけでもないのでなんとも思っていなかったが、月経周期が明確ではないと排卵予定日なるものの時期を図ることができないのではなかったか。

……計画妊娠は無理そうだ……。

「それならいっそ、一緒に住んで子作りを頑張ったほうがいいかなと思ったんだが。どうだ？」

「はい……そうですね。そのほうが……」

頑張れる……。

(はわっ……)

頬がいきなり熱くなった。子作りを頑張れる、というのは、つまり……。

「毎日、というか、二日と空けずにシていれば、おのずと懐妊すると思うんだが……。どうだ？」

「は、はい、そうですね」

返事はするものの思考がぐるぐる回る。毎日、新と身体を重ねるという現実を実感したとたん動悸がすごい。

しかし子どもを作るという目的において、これは大切なことだ。

一ヶ月、二ヶ月、最低でも三ヶ月以内に懐妊できなければ、新に生まれてくる子供の顔を見せてあげることができなくなる。

リミットがあるのだ。

なんとかそれまでに子どもをこの身に宿さなくては……。

恥ずかしがっている場合ではない。沙季は決意を込めて新を見る。

「よろしくお願いします。わたし、頑張ります」

「俺も頑張る。じゃあ、同居はＯＫということでいいな。明日から俺のマンションに来るといい。日用品はそろっているから不便はないと思う。着替えとか化粧品とか、それこそ女性しか使わないようなもの、必要最小限のものだけまとめておきなさい。俺がマンションまで運ぶから」

「わかりました」

「部屋は解約しないでそのままにしておこう。会社に『引っ越します』と申し出ても、新居が俺のマンションになっていたらいろいろと詮索されるし、沙季も気まずいだろう。今の部屋の家賃は心配しなくていい。俺が別納入にして支払っておくから」

「そんな……、わたし、そのくらい自分で……」

「沙季はまず、子どもを宿すという大仕事がある。気がかりがあってはいけない。心配事は、俺が引き受ける」

「新さん……」

話が早い。そのままなら沙季が考えこんでしまうだろうことをポンポン指示して解決してしまう。

だからといって自分勝手な意見でもない。沙季のことを一番に考えてくれている。

子どもが欲しいというのは新の希望だし、それだからこんなにも真剣に考えてくれるのかもしれない。それなら、彼の気持ちに甘えよう。

「ありがとうございます。それじゃぁ、わたしはお部屋のお掃除とか……新さんがいやじゃなければ食事の支度とか、させてもらいますね」

「無理しなくていい。汚れが気になればハウスクリーニングサービスを頼むし。沙季だって仕事をしているんだから、食事は外食でもデリバリーでも……ああ、そうか、俺が作ればいいんだ」

「な、なに言ってるんですかっ、新さんにそんなっ！」

「俺、料理上手いけど？　一人暮らし長いし。結構なんでも作れる。食べたくない？」

……反抗できない……。

「た……食べたい、です」

「よし」

素直な要望に、新は満面の笑みだ。

まさか新の手料理を戴《いただ》ける日がくるとは。なにが出てきても拝んでしまいそう。

沙季の頭を抱き寄せ、新が頬擦《ほおず》りをする。

その愛しさあふれる仕草に胸がきゅんきゅんして堪らない。よく言う「キュン死しそう」とはこのことか。

「一緒にいれば、妊娠してからも沙季の力になれる。悪阻《つわり》がつらかったら寝ていていいし、食べ物の好みが変わったりしても、極力食べられるものを見つけていこう。マタニティブルーとかで気持ちが落ちこんでも、気分が晴れるまで抱っこしててやるから」

この完璧な気遣いはなんだろう。

悪阻とかマタニティブルーとか、沙季でさえそこまでは考えていなかった。

というか、新は妊娠するまでではなく、妊娠してからも、もしかして子供が産まれるまで同居するつもりでいるのだろうか。

「新さん……、そんなにお世話になるわけには……」

遠慮をしたとたん、頭を抱いていた手でポンッと叩《たた》かれる。

「沙季は、俺に仕込みしかさせないつもりなのか？」

「そういうわけではないです。子どもが産まれたらちゃんと見てほしいし、抱っこしてほしいし。……名前とか、……新さんにつけてほしいし……」

勝手に考えていた希望が口から出る。迷惑ではないだろうかと思うあまり、だんだんと声は小さくなっていった。

しかし新は聞き逃さず、すべてを受け入れる。

「なにを当然のことを言っている。沙季一人が背負うべきことじゃない。一人じゃ子どもはできない。

沙季がその身体で子どもを守るなら、俺は子どもを守る沙季を守る」

いきなり過去の記憶が脳裏にフラッシュバックする。呼吸ごと喉が詰まって、意図せず涙があふれだした。

「沙季？」

いきなり涙をこぼした沙季を不思議に思ったのだろう。新は身体ごと彼女を抱き寄せ、しっかりと抱きしめた。

「そうだな。不安でいっぱいだったろう。一年の期限の中で子どもを作って産みたいなんて、簡単な決意じゃない。なにも心配するな。俺がちゃんと見届けるから」

新は沙季の決意をねぎらってくれる。しかし違うのだ。沙季が泣いてしまったのは、懐妊に対する不安ではない。

沙季が子どもを守り、新がそんな沙季を守る。

――両親のことを、思いだしてしまった……。

事故から沙季を守ろうとした母。沙季ごと母を守ろうとした父。

今度は新が、子どもと沙季を守ってくれるという。

「沙季……」

髪を撫でてくれる新の体温が心地いい。

彼の腕に身を委ね、沙季は新の子どもを産む決心をしてよかったと、改めて思った。

＊＊＊＊＊＊＊＊＊

こんなすごい部屋に泊まるわけにはいかない。

この期に及んでそんな遠慮をする沙季を宥《なだ》めて寝かしつけたのは、もうすぐ日付が変わろうかという時刻だった。

眠る沙季をそっと腕から外し、彼女が起きないようにベッドを出る。裸のままでもいいかと思ったが、思い直して投げ捨ててあったワイシャツだけを羽織った。

『は、裸のまんまで、なにやってるんですかっ。せめて下くらい穿《は》いてくださいっ』

もし沙季が目を覚まして新を見たら、そう言って慌てるだろうことが想像できる。そう思うと手に取るべきはワイシャツではなかったかもしれない。

目を覚ます確率は低いだろうと結論づけリビングに移動すると、片隅に設けられたバーカウンターの冷蔵庫からビールを取り出した。

刹那《せつな》、瓶を見つめ、冷蔵庫に戻す。代わりに日本製のミネラルウォーターのペットボトルを手に取った。グラスに半分を注ぎ、一気にあおる。

「冷た……」

熱いままの身体と口腔に冷たさがしみて頭が痛い。それでも日本の水は身体になじむ。海外で仕事をしたあとは特にそう思う。

先程戻したビールは外国製だったが、それだから戻したわけではない。

アルコールを身体に入れてしまったら、自制心が欠けてしまうような気がしたのだ。

――もし沙季を抱きたくなったら……制御ができない気がして……。

快感に溺れて泣きそうな顔をした沙季を思いだしかかる。

その艶《つや》やかさに劣情が引っ張られそうな自分を察して、新はペットボトルに口をつけて冷たい液体を流しこんだ。

彼女を抱いた目的は子どもを作ることだ。

処女だったから最初くらいはと避妊をしたが、目的に沿うなら邪《よこしま》な感情のままに抱いてしまってもいい。

しかし、そんなことはできない。彼女は、大変なものを背負っているのだから。

「……余命一年……か……」

ポツリと呟き、カラになったペットボトルをカウンターに置く。透明なボトルを見つめ、そこに沙季の純粋な笑顔を映しこんで切なげにまぶたをゆるめた。

（あんな素直でいい子が……余命一年だなんて……）

新の子どもが産みたいと言いだしたときはどうしたのかと思った。

仕事関係やファンの女性に迫られた経験は一度や二度じゃないし、目の前でいきなり服を脱がれたこともあれば、酒に薬を盛られそうになったこともある。

まさか沙季も、そんな女性たちと同類なのかと驚きだけが先走った。

だが「余命一年」だと口走り、真剣に新の子どもを産みたがっているのだと悟って、彼女の切実な願いを叶えてやろうと心が動いた。

新の母親も、余命一年を宣告されている。

もともと身体が弱い人で長くはないと言われていたが、先月、とうとう命の期限を宣告された。

母親のことがあるから、同じ運命を背負った沙季に心が動いたのかもしれない。

新の生きかたに口を出さない母親が、せめて新の子どもを見てみたかったと冗談交じりに笑った。

本音だったのだろうが、真剣に言えば新が気にすると気を遣ったに違いない。

仕事に心血を注ぎ、結婚なんて考えたこともない。けれど、言われてみれば自分のＤＮＡを持った子どもくらいは作っておけばよかったとも思う。

そんな話を友人との電話でしていて、その翌日に、沙季からの申し出だ。

タイミングの良さに驚くばかりだが、この運命的な偶然は、起こるべくしてやってきたのではないかとも思う。

新は子どもが欲しい。

沙季は新の子どもを産みたいという。

母親と同じ、余命一年を宣告された女性。

上手くいけば新は希望どおり自分の血を引いた子どもを持つことができるし、母親に子どもの顔を見せてやることもできる。

沙季だって、望みどおり最期を迎える前に新の子どもを産むことができる。

カウンターを離れ、新は再びベッドルームへ向かう。ワイシャツを脱ぎ、静かに沙季の横へ滑りこんだ。

「ん……んぅ……」

うめく声もかわいくて、つい頬がゆるむ。そっと寄り添い、腰に腕を回した。

ベッドを出てクールダウンしてきたせいか、沙季の身体の火照りが気になる。

抱いてから時間が経っているし、そのときの熱ではないと思うのだが……。

（まだ……火照っているとか……）

そんなことを考えれば、沙季を抱いたときの感情の昂《たか》ぶりが戻ってきそうになる。今考えても信じられないくらい煽られ、欲情した自分が思いだされる。

普段から感情豊かな女性だ。処女ではあったが快感を素直に受け取れるので、とても敏感で無意識の反応がずいぶんと新を興奮させた。

（とても……かわいらしかった……。艶っぽくて、あんな顔もできるなんて……）

思考が止められない。

これ以上あえぎ乱れた沙季を思いだしてしまったら、間違いなく身体のほうが反応を起こして止められなくなる。

それはマズイとばかりに深呼吸をして、新は沙季の頭に頬を寄せる。

「……ん……、せんせ……ぃ……」

起きたのかと思い顔を見るが、沙季はかわいい唇をもごもごと小さく動かして眠ったままだ。寝言だったのだろう。

クスッと笑いが漏れた。胸の奥にあたたかいものが満ちる。それがなにかわからないまま、新は沙季の頬にキスをした。

「名前で呼べと言ってるだろう」

「……あ……らた、さん……ぅん……」

寝言がタイミングよすぎて笑ってしまう。

寝ていても、沙季は新に従順だ。

いつも笑顔で「先生」「先生」と慕ってくれていた。仕事に一生懸命で、前向きで向上心も高く、嫌みのない素直な性格で、新もかわいがってはいたが……。

まさか、子どもを作る関係になるとは思ってもみなかった。

「よし、子ども作ろうな。沙季」

もう一度沙季の頬にキスをして彼女を腕の中に入れる。新の胸に頭を擦りつける彼女がかわいくて、自然と笑みが浮かんだ。

女性というものを、こんなにも自然にかわいいと思えるのは……初めてのことだった……。

「話が早いっていうか、決断が早いっていうか、すごいよね」

沙季の荷造りを手伝いながら、愛季はクスクス笑った。

呆れているとか揶揄《やゆ》しているとか、そういった雰囲気はない。純粋に……楽しそうだ。

「子どもを産みたいって言われて、それなら一緒に住んでシッカリ種付けしよう、なんてね」

「そ、そんな言いかたはしてないって」

仕込む、よりあからさまだ。しかし愛季は「わかってる、わかってる」と笑って軽く流す。小さな段ボールのふたを閉め、おだやかな表情を見せた。

「子どもができたら……、生まれるまで、一緒にいてくれるって言ったんでしょう？　いい人だね。よかったね、沙季」

「……うん」

愛季に言われると胸が詰まる。彼女が妊娠中からずっと一人でひまりを守ってきた姿を知っているからかもしれない。

新と一夜を過ごした翌日。出勤準備のために朝は二人で早めにホテルを出て、新がアパートまで送ってくれた。

まさか一緒に出社するわけにもいかない。

今日は仕事が終わったら簡単な荷造りをして、準備ができたら新に連絡をすると約束をし、別れたのである。

普通に出社をして仕事をして、定時にあがって急いで帰り荷造りをはじめた。すると愛季が手伝いにきてくれたのである。

相談にのってもらった手前、愛季には子作りのために新のマンションに住むことになったことをメッセージで伝えてある。

朝に連絡をして、既読はつくのに返信はなく、もしやあまりの展開の早さに呆れたのではと少々心配していたのだ。

なんでもひまりが朝から咳《せき》をするので、朝一番で小児科へ連れて行っていたらしい。特に問題はなく、急いで保育園に預けて店に向かったので、返信する余裕がなかったとのこと。

愛季がお昼休みに入ったタイミングで、荷作り手伝いに行くよとメッセージが入った。

もちろん、ひまりも一緒である。小さな段ボール二つに必要最小限の生活用品を詰める大人二人をそっちのけで、沙季のベッドでコロコロ転がっては大の字になるという遊びを満喫している。

「部屋はこのままだし、別に向こうに行きっぱなしってわけでもないから、いつでも連絡して。ひまりを預かってほしいときも遠慮しないでよ？」

だいたいの荷物も用意し終わったので、沙季はキッチンに向かい冷蔵庫を開ける。

カフェオレ用に牛乳を出そうとしただけだったが、それより庫内を埋める食品保存容器や生鮮食品が目に入ってしまった。

考えてみれば、庫内も片づけておかなくてはならないのではないか。

（作り置きのお惣菜《そうざい》とか……持っていったら迷惑かな……。いや、その前に冷蔵庫に入らないかもしれないし、作り置きとか好きじゃないかもしれないし……。なんかいきなり手作り惣菜とか持ちこむのもいい気になりすぎているというか……）

「愛季、お惣菜とか生鮮とか、持っていってくれる？　あと、冷凍庫のアイスとか……」

「あいす！」

素早く反応したのは、我関せずと遊んでいたはずのひまりだった。がばっと起き上がり満面の笑みを見せる。

沙季は冷凍庫に手を掛けてニヤリとしてみせた。

「アイスあるよ〜。棒についたやつもカップに入ったやつもあるよ〜。食べる？」

「たべるー！」

絵に描いたような笑顔でベッドを下り、ひまりが駆け寄ってくる。沙季のそばまで来てから、くるりと愛季を振り返った。

「おかあさん、あいす、たべていい？」

「ん〜、ひまりは食べるのに時間がかかるから、もらってお家で食べよう。沙季ちゃんはこれからお出かけだから」

母親の意見を仰ぎ、今度は沙季に身体を向ける。

「だって。おうちでたべていい？」

「いいよ〜。全部持っていって。ひまりは偉いね〜、ちゃんとお母さんに聞くもんね」

小さな頭をくりくり撫でると、笑顔のまますぐったそうに両肩を上げる。褒められて嬉しいを全身で表すのがかわいくて、沙季はさらに頭を撫でた。

誰かになにかをしてもらう、誰かになにかを貰う。小さな子どもが感情のままに受け入れてしまいそうな事柄を、ひまりは必ず母親に意見を求める。

たとえそれが、沙季のような親しい人間でもだ。

ひまりは母親を絶対的に信頼しているし、一番頼りにしている。当然だが一番の大好きだ。

新の子どもを身ごもって、産んで、――彼が逝ってしまったあとに一人で子どもを育てて……。愛季とひまりのように、いい母子《おやこ》になれるだろうか……。

「じゃあ、今用意するね。ご飯のおかずがいっぱい入った容《い》れ物《もの》も持っていってもらうから、ちょっと重くなるかな。おかあさんが「重いよ〜」って泣いちゃったらかわいそうだから、アイスはひまりが持ってね」

「うんっ。おかず、なに？」

「きんぴらとか鶏《とり》チャーシューとか、そぼろとか」

「そぼろ、すきー」

「よしよし、沙季ちゃんのそぼろは美味しいぞー。今用意するからね」

冷蔵庫から作り置きが入った容器と生鮮食品、野菜類などを次々に出していく。エコバッグにもしている保冷バッグを用意して詰める準備をしていると、退屈だったのかひまりは再びベッドに突進していった。

「いいの？　ぜんぶもらっちゃって。先生に食べさせてあげたらいいのに」

代わりに愛季が隣に立つ。保冷バッグの取っ手を持って大きく開いてくれた。

「ん～、向こうの冷蔵庫に入らなかったら申し訳ないし、作ったものを持っていくのも……なんかアレかなって……」

「家庭的な女をアピールしてるみたいで、あざといって思われたらいやだ、とか？」

察しがいい。沙季は苦笑いをしながら保存容器や食品を詰めていく。

「あざといっていうか……女性として特別気に入られようとしてる、みたいに思われたくないっていうか……。そんな意地悪なことを考える人ではないけど、新さんには、おかしな印象を持たれたくないから……」

「一晩一緒にいて、一回抱かれただけで名前呼びできるほどの仲になってるのに、そんなに気にすることないと思うよ？」

無意識のうちに名前で呼んでしまっていた。

会社では普通に「先生」呼びができていたので問題はないものの、今は目の前にいるのが愛季でよかった。

「それに、一緒に住んでいたら沙季がお料理とかするんでしょう？　お掃除とか。でも高名な男の人って、ハウスクリーニングの契約をしていたり家政婦さんを雇っていたりするのかな」

「掃除も料理も、無理してやることはないとは言われているけど、それなりにやるつもりではいる。子どもを作る目的とはいえ、そばに置いてもらうんだし」

「沙季は気が利くし、優しいし明るくてかわいいし。こまめだしお料理上手だし。一緒にいたら絶対惚《ほ》れるよ」

「すごく褒められちゃったなぁ」

「結婚しちゃえば？　子ども作るんだし」

「目的は子どもを作ること。結婚じゃないよ。それに、そんなの先生の負担になるだけ。……それじゃなくても、自分の余命と闘《たたか》わなくちゃいけない人なんだから……」

新には命の期限がある。今はまだ元気だし、余命一年だなんて信じられないくらいだが、この先、いつか、それを納得せざるを得ない現実を見ることになるのだろう。

たとえどんなことになっても、どんなことが起こっても、それを見届けたい。

沙季をここまで生かしてくれた善家新に、最期まで寄り添いたいと思う。

「なにか悩んだら、絶対に相談してよ？」

愛季の言葉が頼もしくて嬉しい。

おだやかな笑みを作ってうなずき、保冷バッグを閉じようとすると「アイスも入れちゃって」と追加注文が出た。

放っておけば溶けてしまう。荷作りも終わったし、早々に帰るつもりらしい。

「カフェオレでも作るよ。飲んでいかない？　カフェベースのだけど」

「荷作り終わりましたって、早く連絡してあげなよ。先生、待ってるよ。ひまりも早くアイス食べたくてソワソワしてるし」

愛季の視線を追ってみると、ベッドで大の字になりながらチラッチラッとこちらを窺うひまりがいる。アイスは家に帰ってから、を行儀よく受け入れてしまったので、いつ帰るのか気になって仕方がないのだろう。

かわいいひまりを待たせるのもかわいそうだ。無理に引き止めることはせず、冷凍庫のアイスを取っ手付きのビニール袋に移しバッグに入れた。

目ざとく見つけてベッドを下りたひまりが、スキップをしながらやってきて愛季にくっつく。

「おかあさん、かえる？」

「うん、帰るよ。沙季ちゃんに『アイスありがとう』は？」

母親にくっついたまま顔だけを向け、ひまりは嬉しそうににこぉっと笑う。

「さきちゃん、ありがとー」

「どうしたしまして。いっぱい食べてもいいけど、ちゃんと歯磨きしてね」

「うんっ。さきちゃんも、あしたいっしょにたべよ？　おしごと、おやすみのひ」

刹那、返答に困る。いつもなら気楽に「いいよ」と言うところだが、今夜から新の所へ行くので出かけられるかがわからない。

返事に困っていると、すかさず愛季がひまりを抱き上げた。

「沙季ちゃんね、しばらく別の場所に住むから、明日はお片づけとかいっぱいあって、ひまりとアイス食べられないいんじゃないかな」

ナイスフォローである。すると、ひまりはキョトンとして沙季を見た。

「さきちゃん、おひっこし？」

「うん、ごめんね」

「ごめんねしなくていいんだよ。きらいにならないからだいじょうぶだよ」

「ホント？　『沙季なんて知らない』って怒らない？」

「そんなことしないよ。だって、ひまりとさきちゃんはズットモだもん！」

「あははー、ありがとー」

ズットモとは……。テレビで覚えたのか保育園で覚えたのか……。四歳児に生涯の友人認定を受けてしまった。

「じゃあ行くね。連絡してよ？」

「うん」

玄関で愛季に念を押される。腕から下りて靴を履いたひまりが、すかさず保冷バッグの取っ手を掴む。

「なに？　ひまり」

「あいすー」

「はいはい」

愛季はアイスが入った袋を出して、そのままひまりに持たせた。

「さきちゃん、あいす、いっぱい、ありがとう」

ひまりの笑顔にほんわりする。

上手く子どもができたら、男の子でも女の子でも、ひまりのように素直でかわいい子がいいなと望まずにはいられない。


都心にありながら、数分前に通りかかった賑わいから切り離されたかのよう閑静な住宅街。

こんなに静かなのは夜だからかとも思ったが、奥に進めば進むほど凛《りん》とした空気が満ちてくる。

広大な敷地をぐるりと囲む高い塀と植込みの木々。きわめてプライベート性の高い造りの高級低層マンション。

こんなにも広いのに、五階建ての建物内には二十邸程しかないらしい。

その最上階にあたる五階に、新のペントハウスはあった。

沙季が用意した小さな荷物はコンシェルジュと警備員が運んでくれた。「しばらく一緒に住むことになります」というざっくりとした新の説明にもにこやかに応じ、「なにかありました際には遠慮なくお申し付けください」と優しい言葉をかけてくれる。

著名な人物の一人暮らし。そこにいきなり女性が入りこむ。

普通なら不可解に思いそうだが、そんな気配は微塵《みじん》も見せない。訓練されているからこそか。それとも、こんな事案には慣れっこなのか。

どちらにしろ、子どもを産むころまでお世話になるのだ。シッカリと顔は覚えてもらわなくてはならないし、悪い印象も与えたくない。

沙季も「どうぞよろしくお願いします」と笑顔で丁寧に挨拶をした。その笑顔のまま新の部屋に入り……一瞬にして驚愕《きょうがく》の表情になった。

「沙季の部屋はここでいいかな。来客用にしているけど、ほぼ使ったことはない部屋だから安心して。チェストもクロゼットもあるから、これから物が増えても大丈夫。簡易デスクもついてる。ああ、女性だからドレッサーが必要かな。休みの日にでも見に行こうか。それまでパウダールームでなんとかなるかな。そこのソファの背もたれを倒せばベッドになる。ベッドルームは隣にあるし、一緒に寝るから寝具は必要ないな。……沙季？」

玄関から沙季の荷物を運びこみながら、新がいろいろと説明をしてくれる。

ドアを開いてドアストッパー代わりに荷物を置いてくれているようだが、振り向くどころか返事もせず、リビングの入口で固まっている沙季の姿を見てを不思議に思ったのだろう。近づいてきて顔を覗きこんだ。

「どうした、沙季。ベッドルームで一緒に寝るとか言ったから恥ずかしくなったのか？」

新はアハハと軽く笑うが……そこじゃない。いや、一緒に寝る、で一瞬羞恥のゲージが上がったのは確かだが、固まってしまったのはそこではないのだ。

「あの……新、さん」

「ん？」

「ここは……ルームシェアかなにかしているお部屋なんですか……？」

「なぜ？　あっ、コンシエルジュや警備員が同居についてなにも言及しなかったから？　基本、住人のプライベートに干渉したりはしないよ？」

「いや、それも少しは思いましたけど……。そうじゃなくて、広すぎませんか……」

目の前に広がるリビングを指差し、沙季はこわごわ新を見る。彼はキョトンとしてから……ぷっと噴き出す。

「なんだ、そんなことか。残念ながら俺一人だ。これからは沙季と二人だな」

背中をポンポンと叩かれ、中へうながされる。

リビングは沙季の部屋なら三個か四個は入りそうな部屋だ。そこにソファセットやフラワーテーブル、飾り棚などのインテリアが配置されている。

最上階ゆえか天井も高い。外観から五階建てととらえたが、実質六階建てくらいの高さがあるかもしれない。

ゆったりとした解放感、豪華なインテリアであるにもかかわらずおかしな緊張感がない。包みこまれるような心地よさは……覚えがある。

「ソファにでも座りなさい。コーヒーでも入れてあげよう。ビールのほうがいい？」

「あのっ、このお部屋、コーディネートは新さんですよね？」

言ってしまってから、彼の質問にまったく答えていないのに疑問をぶつけてしまった気まずさを感じる。それでも新は軽く笑って答えてくれた。

「もちろんそうだよ」

「やっぱり」

「仕事の延長で、自分の部屋も好きなように作っているだろうと思った？」

「それもありますけど、新さんの気配がするから……」

「気配？　俺っぽいってこと？」

「はい。勢いとか躍動感とか、そういったものとは違う癒しのエネルギー、っていうんでしょうか。その場にいるだけで癒される。慰められる慈愛のオーラです」

――ここから感じる心地よさ。これは、すべてに絶望して死を選ぼうとした沙季を、救ってくれたあの空間に似ている。

「まさか、自分の部屋を褒めてもらえるとは思わなかった」

「この部屋だって新さんの作品ですよ。わたしが大好きな世界です。そんな所に住めるなんて、幸せ者ですね」

「そう言ってもらえてよかった」

こつん、と、人差し指の関節で頭を小突かれる。

新がキッチンに向かったので沙季もあとを追った。

「そうだ、俺の質問に答えてないな。コーヒーにする？　ビールにする？　それとも、俺？」

くるっと振り向いてにこっと笑う。虚をつかれた無邪気さがあまりにも意外で、沙季は楽しげにアハハと笑ってしまった。

「なんですかぁ、それっ」

「新婚さんみたいだろ？　一回言ってみたかった」

「普通は女の人が言うんじゃないんですか？」

「じゃあ、沙季言って」

「恥ずかしいですよー」

「で？　コーヒー？　ビール？　俺？」

「まだ言いますかっ」

いつもの新にはない表情を見てしまったせいか心が浮かれる。しかしながら、新は「一回言ってみたかった」と言っていた〝新婚〟というものを経験できない人ではないか。

沙季に対しておどけてくれるなら、それに越したことはないし嬉しい。これはこの無邪気さにつきあわない手はない。

「わかりました。新さんでお願いしますっ」

「オーケー」

了解と同時に新の腕が腰に巻きつく。抱き寄せられたままくるっと身体が回り……。

「早速か？　仕方のない子だな。昨日まで処女だったくせに。おねだりするほど気持ちよかったのか？」

「えっ？　あ、あの、あらたさんっ」

大きな冷蔵庫に身体を押しつけられたのもそうだが、新の雰囲気がいつもと違う気がして戸惑う。

なんというか、こんな手練《てだ》れの女ったらしのような人ではないはずなのだが。

「ん？　沙季」

「あ、ああああのっ」

おまけに目つきが妙に色っぽい。これは昨日抱かれたときに見てしまった顔ではないか。

腰を抱かれたまま。彼の片腕が顔の横につく。ほぼ密着した身体、片膝が脚のあいだに入る。接近した顔が耳元に落ち……。

まさかここでコトが始まってしまうのでは。そんな恥ずかしい思いにとらわれる。

「……なーんて」

小さく笑った新が顔を上げる。

「今夜はダーメ。昨日の今日なんだから、沙季はちゃんと寝なさい」

「え……」

「期待した？」

ここにきて、本当におふざけだったのだと悟る。本気ではないだろうとは思いつつ、ちょっと本気にしかかった自分が単純すぎる。

新はいつものおだやかな顔でにっこりしているが、冗談でもあんな艶っぽい顔を見せられて平気でいられるわけがない。

しかし彼の顔ならどんな表情であろうと眺めていたいのが信者というもの。が、しかし、そんな神様のような存在に抱かれてしまった翌日にこの状況はさすがに恥ずかしすぎた。

沙季は新から視線をそらしながら、ほぼ無理やり身体を半回転させていく。

「期待とか……そんな、新さんらしくないこと言わないでくださいっ。せ、せっかく、背後に冷蔵庫があるし、ビールにしましょう、ビールにっ。すみません、開けまーす」

背を向けて冷蔵庫を開ける。人様のお家の冷蔵庫だと思うと恐縮するが、そんな思いは中を見た瞬間に吹き飛んだ。

目の前にビールはある。カクテルもある。下の段にはチーズや生ハムらしきものもある。ミネラルウォーター、緑茶のペットボトルもあるが……。

……それしか、ない。

「ビールはこれだよ。カクテルのほうがいい？」

背後から手を伸ばした新がビールの缶をひとつ取る。とっさに「いいえ、同じもので……」と言葉を走らせると、もうひとつ同じものを取っていった。

「……新さん……、新さんは、なにを食べて生きているんですか……」

おそるおそる問いかけつつ冷蔵庫のドアを閉める。振り返るとすかさず口を開けた缶ビールを差し出された。

受け取ってすぐ、新が持つ缶が打ちつけられる。

「同居開始に乾杯。よろしくな、沙季」

「は、はい、よろしくお願いしますっ」

慌てる沙季を意に介さず、新は缶を勢いよくあおる。せっかくなので沙季も缶に口をつけた。

「普通の食事をしているよ。よく『芸術を食べて生きている』とか『デザインを妄想するのが食事』とか揶揄されるけど、本当に普通。トーストとコーヒーとか、ご飯とお味噌汁《みそしる》と目玉焼きとか。カロリーメイトだけを咥《くわ》えているときもある」

「普通ですね……。なんかこう、ナイフとフォークでセレブっぽい食事なんかしてるイメージがありました」

「生まれたときからお坊ちゃんだったわけじゃない。普通の家庭で生まれ育ったから。母は近所のショッピングセンターの食料品コーナーでレジを打っていたし、亡くなった父はバスの運転手だった。普通の家庭だったよ」

「そうなんですね……。こんなに冷蔵庫が空いてるなら、作り置きしていたお惣菜持ってくればよかったです」

「沙季が作ったやつ？」

「はい、きんぴらとか、そぼろとか……」

「そぼろは好きだな。いり卵と一緒にご飯にのせて二色にするやつ」

ひまりと好みが似ている。ほっこりするやら楽しいやら。

あまり知りえない新の過去の話に脈が速くなった。

プロフィールや関係記事などを読んでも、たいてい書いてあるのは出身校とか賞の受賞歴。過去に触れていても、幼少時代にこんなことをして周囲を驚かせ天才の頭角を現していた……などの記事しか見たことがない。

（なんか、ちょっと得した気分）

他の人が知らない話というのは特別感がある。それも本人の口から聞かせてもらったとなると格別だ。自惚れてしまいそう。

新の真似《まね》とばかりにビールの缶を勢いよくあおる。冷たい液体で興奮を収めようとしたのだが、かえって体温が上がった気がした。

「食べているというわりに、食材がなにもないですよ？」

「つい最近まで海外に行っていたし、仕事用のマンションに詰めることのほうが多かったから。こっちの食材はほぼない状態だな」

「仕事用のマンション……あっ」

連れてこられたのがここだったので、あまり深く考えていなかった。確か新は、タワーマンションの上層階に仕事用の部屋を持っていると聞いたことがある。

「それならここは……プライベート用、ですか？」

「そう。仕事は抜きにしてくつろげる場所が欲しいだろう？　のんびり過ごしたいときはこっちにくるようにしている。これからは沙季がいるから、こっちがメインになるな。プライベート用だから、親しい人間しかここの住所は知らない」

「プライベート用……」

沙季にしてみれば、プライベートでくつろぐ用、として都心にペントハウスを持っているということ自体が別世界の話だ。

おまけにアトリエとして持っている部屋は、ランドマークともいえるタワーマンションの上層階ではないか。

別世界を通りこして別次元かもしれない……。

「だから、沙季も安心して出入りできる。これからはこっちが沙季の家だ。わかったね」

「はい……、ありがとうございます」

缶に口をつけたまま、チラッと新を見る。シャツにジーンズという、極めてラフなスタイル。十年
彼を崇拝しているが、こんな姿は初めて見る。

特別感がすごい。彼のプライベートを独り占めできる恋人にでもなった気分だ。

(いけない！　なにを大それたことを‼)

頭をぶんぶんと振り、残ったビールをグイッとあおり飲む。特別感に酔ってはいけない。子作りを
するからそばに置いてもらえているだけだ。

あくまでも沙季は、新の子どもを身ごもるのが役目。

(そうだ、気を遣われている場合じゃない。わたしは、わたしの責務をまっとうしなきゃ！)

……いつだったか、そんなセリフが妙に流行《はや》っていた気がする。詳しく思いだせないのはアルコー
ルが回ってきたせいだろうか。

「こら、沙季、ピッチが速い。悪酔いする」

新も危険を感じたのだろう。沙季の手から缶を取り上げるものの、すでにカラになっているのを知っ
てまぶたを上げた。

「大丈夫ですっ。おかげで勢いがつきました。新さんっ」

沙季は新に向き直り、グッと彼に詰め寄る。

「さっき、沙季はちゃんと寝なさいって言いましたけど、どうしてですかっ」

「どうしてって……。昨日は沙季に無理をさせたかもしれないし。朝は早くにホテルを出たから忙《せわ》しなかっただろう。今夜はゆっくり寝たほうがいいと思う」

「それでチャンスを逃しちゃったら……もったいないです」

「チャンス?」

「昨日は……その、新さんが着けてくれたので……。もし、昨日が〝そういう日〟だったなら、今日も可能性があるかもしれないし……」

ハッキリ言えないのがもどかしい。が、ビールの力を借りても「子作りしましょう」とは言いづらい。というか言えない。

しかしこれだけでも新はわかってくれたようで、自分のものと一緒にビールの缶を調理台に置くと沙季の腰を抱き寄せた。

「なんだ、やっぱりおねだりか」

「といいますか……チャンスを逃しちゃいけないし……」

「そこまで言ってしまうのは、アルコールの力？　勢いよかったし」

「……それも、あります……。でも……」

「でも?」

なぜ先を続けようとしてしまったのだろう。アルコールの勢いで言えたことにしておけばそれで終わるのに。

続けようとすれば、自分の想いを伝えなくてはならない。

唇をもごもご動かして言い淀む。そんな沙季の気持ちを、新が代弁してくれた。

「俺に、抱かれたい？」

その言葉を出し損ねた唇の動きが止まる。眉を下げて困った顔をすると新の片腕が背中に回り、柔らかく抱擁された。

「当たり？」

「……どうして……」

「わかるよ。沙季は俺が大好きだから」

「うぅ～～～～～～」

当てられて悔しいのか恥ずかしいだけか、自分でもよくわからない声でうめく。昨日新に抱かれているときもそうだったが、やはりこういうときに「大好きだから」の言葉を使われてしまうと恋愛感情とすり替わりそうになる。

——そんなの……いけないことなのに……。

「それなら……抱いていい？　俺も沙季を抱きたい」

全身の力が抜けてしまいそうだ。アルコールなんかより新の言葉のほうが強烈で、このまま酩酊《めいてい》してしまいそう。

顎《あご》に手がかかり、仰がされるのと同時に唇が重なる。

新の唇を感じながら、胸の奥でトクントクンとあたたかな感情が弾《はず》む。

（これは……）

しかし沙季は、感じないふりをして、その感情をやり過ごした。


我ながら思いきった意思表示をしてしまったとは思う。

けれど、そうしなければチャンスをひとつ逃したかもしれない。

恥ずかしいとか、彼に抱かれることが恐れ多いとか、そんなことは考えてはいけない。

目指す懐妊にはリミットがある。

一年後、善家新という光が消えてしまう前に、その光を受け継いだ子どもをこの世に生み出さなくてはならない。

せめて一日でも、彼にその存在を確認してほしい。身ごもるのは早ければ早いほうがいい。そのためには何度でも抱かれる必要があるのだ。

「今夜は……着けないでくださいね……」

大きなベッドに組み敷かれた状態でお願いすると、新はキョトンとした顔をして沙季のパジャマを脱がせかかっていた手を止めた。

すぐにクスリと笑い、「ゴムなんか着けてあげないよ」と優しい声で意地悪く囁く。沙季のパジャマの上衣をためらうことなく奪った。

「こういうときは、裸で出てくるものだ。許せてタオル一枚。わかった？」

「はい……すみません」

素直に謝る。裸で待っているという意見は大胆だが、これは新が正しい。

今夜は肌を重ねる前に入浴をすることになった。ただし、別々に。

なんとこのペントハウスには浴室が二つある。ひとつはバスタブもあって洗い場も広い立派な浴室で、もうひとつはメインベッドルームに付属したシャワーだけの浴室だ。

申し訳ないことに沙季はバスタブがある広いほうを使わせてもらった。バスルームを堪能したい気持ちをグッとこらえ、急いで身体を綺麗にして出たのだが……。

迷いつつもパジャマを着てベッドルームに向かってしまった。

新はシャワーだけなので、もちろん彼のほうが早く出ていた。彼がバスローブを軽く羽織っただけなのを見て、自分の間違いを悟ったのである。

気まずそうにする沙季を、楽しそうに笑いながらベッドに押し倒し、次回からの注意をしつつパジャマの上衣を脱がせ……今に至る。

「自分から誘っておいてパジャマを着てくるとか、それはないだろう」

「すみません、どうしようか迷ったんですけど……。裸で出て行くわけにも……」

「裸でもいい。どうせ全部脱がせる」

「……きゃっ」

上衣だけならまだしも、覚悟もしていないうちから下着ごとズボンも脱がされてしまった。まさか一気に脱がされるとは思わず、隠していいのか、けれど隠したら往生際が悪いようにも思えて、沙季は両手をワタワタ動かしたままどうにもできない。

「そんなに慌てなくていい。沙季はすぐべちゃべちゃに濡れるから、最初に脱がせておいたほうがいいだろう?」

「べちゃべちゃって……。大げさですよっ」

「へーぇ」

バスローブを脱ぎながら、新がニヤリとした表情を見せる。そこに怪しい狡猾さを感じた瞬間、全身がゾクッと扇情された。

「あ……」

反射的に両腿をキュッと締める。脚の付け根がじわっと熱くなったのを、まさかの思いでやり過ごす。

「大げさかどうか、確かめてやる」

両手で胸のふくらみを鷲掴《わしづか》みにされ、ゆっくりと揉み回される。自分の胸がこんなふうに柔らかく動き回るのも驚きだが、彼の力の入れ具合が絶妙で、それに疼きを伴う心地好さを感じている自分に驚く。

「んっ……」

形のいい五指が白いふくらみをもてあそぶ。指のあいだから肌が盛り上がるほど強く握られているのに、痛みはないどころかもっと揉み動かしてほしいと密《ひそ》かにねだってしまう。

「あ……らたさん……」

呼びかける声が鼻にかかる。甘えたような、どこか媚びるトーン。それを悟ったかのように、新は手の中のふくらみを強く揉みしだいた。

「ああ、柔らかいな……。ずっとさわっていたい。握り潰してしまいたいくらいゾクゾクくる。沙季じゃないけど、俺まで大げさなくらい濡れそうだ」

「な、なに言って……あっ、あぁンッ、胸……ぅぅン……！」

揉まれれば揉まれるだけ官能の熱が噴き出る。ふくらみ全体が熱くなって、頂の先端が痛いくらいに火照った。

「あっあ、アン……」

上半身がうねり、胸をつき出すように背が反る。彼の手に押しつけるように力が加わると、快感の果汁が飛び散って胸全体が疼きだす。

「ん……ゥンン……新さぁ……ぁん……」

「どうした？　ココ、さわってほしいか？」

指と指のあいだで尖《とが》り勃つ突起を指の関節同士で両方キュッと挟まれ、電気を流されたかのように上半身が跳ねた。そのまま強く擦りあわされ、上半身どころか足がシーツを擦って暴れる。

「んっ、んっ、やっ、やぁぁっ……痺れ……ぁぁアンッ……」

「痺れて気持ちいいからもっとシてほしい？　わかった」

「ちがっ……あぁっ！」

違わない。違わないけれど、否定しようとしたのと同時に加えられる刺激に身体が反応する。ぷっくりと盛り上がった先端を親指の腹でこねられ、押しこめては指を離され。

自分でも見たことがないくらいに膨らんだそこは、より紅潮しては姿を現す。また押しこめられ頭を擦られ刺激されて。集中して乳頭を責められる感覚が堪らない。

「ンンッ……そこ、ジンジンす……ぁぁあ……」

胸をうねらせ泣きそうな声が出てしまう。こんなにさわられているのに、肌が切なくて焦れあがっていく。

「じゃあ、ジンジンは治めようか」

いつの間にかお尻のラインを撫でていた手が太腿を超えてくる。もったいぶった手つきで内腿を撫でられ、じれったさで腰が揺れる。

「ぁ……ハァ、新さ……」

焦らす指が薄い草むらを撫で、恥丘を内側から外側へ掻《か》く。一回二回と掻くたびに、縦線のあわいからにじみ出た蜜で草むらが湿地帯に変わっていく。

なんとなくの予想はあったが、どうやら新が言ったとおりになっているようだった。

「ほら、べちゃべちゃだ。これは、大げさではない？」

「んっ……ふぅ、ン……ごめんなさ……ァぅぅ……」

これは謝らざるを得ない。

両手で顔をかくし、沙季は泣いているかのような甘い声を出す。出そうと思っているわけではなく、出てしまうのだ。

新の指は勝ち誇りながら秘裂へ沈み、人知れずあふれた蜜液の中で泳いだ。

「あっ、ひゃっ……やぁぁん」

ぐじゅぐじゅと音をたてて、蜜液が掻き出されていく。滑らかに動く指が秘裂を刺激し、小さな唇を開いて潤いが湧き出す蜜泉を探る。

「あっ……！」

なにかの予感に腰が浮いた瞬間、指が蜜孔に挿入された。不思議なほどスムーズに滑りこみ、止まったところでぐにゅっと指を曲げる。

「ああっ！」

膣壁の一点だけを強く圧される刺激は、狙って電気を流されたかのような衝撃だった。

新は少しずつ指の位置を変えながら圧を加えてくる。そのたびに腰が跳ねるのだが、とある部分だけ異常に刺激が強くて跳ねるというより反ったまま小刻みに痙攣した。

「やっぱりここだ」

嬉しそうな新の声にドキッとする。もしやと思ったとおり、彼は触れられると痙攣してしまう部分を集中して指で擦りだしたのだ。

「ああっ！　ダメ……そこ……！」

一気に熱が上がる。熱湯をかけられたかのように腹部が熱くなって、下半身が強烈に開放感を求めてくる。

「やっ……あぁぁんっ――！」

せり上がってきた解放感が目の前で弾ける。弛緩《しかん》した下半身に焦りを感じる間もなく続けざまに蜜路を擦られた。

「ああっ……！　あっ、や、ダメェ……あらたさっ……またっ！」

「いいよ、沙季、もう一度イってごらん。……沙季が達すると……ゾクゾクする」

「あっ……あ、ダメっ……ああっ――！」

沙季の意識がついていけないうちに、身体は感じるまま昂まり絶頂を迎える。あとから余韻が背筋を這《は》い上がり、沙季の身体は大きくしなった。

弧を描く背中を新の手がスゥッと撫でる。扇情的な微電流が全身を駆けぬけ、もうこれ以上は無理というところまで背が反った。

「……ぁ、あ……あぁ……ハァ、ぁ……」

吐息が震える。お願いだからもうさわらないでほしい。これ以上刺激されたら、快感で身体がバラバラになってしまいそうだ。

身体の横に置いている腕まで震えが止まらない。手はシーツを握りしめているはずなのに、力が入っていないように思えた。

「いいな……もっとイかせてやりたい……」

「それ……は……、ぁ、ああ……ひゃっ！」

これ以上されたら本当に身体が壊れてしまう。そんな危機感が生まれそうになるが、新が指を抜いた瞬間一気に全身の力が抜けた。

そのままなら勢いよくシーツに落ちていたところ、背中に新の手があったおかげでゆっくりとシーツに戻される。

感じなかった手の力も戻ってきて、しっかりとシーツを握っているのがわかった。

熱を孕《はら》んだ視界の先で、新が指を舐めているのが見える。手のひらにまで舌を這わせチラリと沙季に視線をくれた。

「沙季ので、手がべちゃべちゃだ」

「や……ぁ」

声を出そうとすると息があがる。心臓がドクドクと脈打っているのは、二回続けて達したせいだろうか。それとも、新が見せる艶やかさのせいだろうか。

「舐めないで……くださ……」

「なぜ？　沙季が俺のためにこぼしてくれたものだ。もらってもいいだろう？」

「でも、わたし……力が抜けて……あの……。出ちゃった……かも……」

言い淀むと、今まで舐めていた手で秘部をくすぐられる。ビクッと腰が上がるが、新はまたその手を舐めながら軽く笑った。

「沙季の愛液以外はこぼれてないから安心して。快感の開放が尿意と似ているって聞いたこともあるから、脳が混乱しただけだろう」

「そう……ですか？　本当に……？」

「まあ、たとえそうじゃなくても、俺は構わないけど」

「か、構ってくださいっ」

「別に悪いことじゃない。沙季が俺に感じてくれて力が抜けるだけだ」

そんなにサラリと言われると、困っていた自分のほうがおかしいみたいだ。

(でも……嬉しいかも……)

沙季の反応すべてを受け入れてくれる。彼の気持ちが、とても嬉しい。

「脳がバグるほど感じてくれるなんて、嬉しいな。沙季は本当に、俺が大好きだな」

「は、はい……」

どうしよう。言われ慣れているはずの言葉にうろたえてしまう。そうしているあいだに両脚を広げられ新が軽く覆いかぶさってきた。

「そのまま入れる。……いいか?」

ちゃんと覚悟していることなのに、改めて問われると大きく鼓動が跳ねる。こうして聞いてくれる彼の心遣いが嬉しい。

……きっと、少しでも躊躇すれば、新は避妊具を使ってしまう気がした。

沙季は両腕を新の背中に回し、問いかける彼の瞳を見つめた。

「もちろんです。……わたしに……新さんをください」

「……沙季っ」

なぜかつらそうなトーンだった気がする。それを気にする間も与えられないまま、脚のあいだに大きな質量が喰いこんでくる。

「ンッ……!」

一瞬だけ緊張するものの、新の怒張は隘路に溜まっていた蜜液をぐちゅぐちゅと圧し出しながら進んでくる。

「つらいか?」

気を遣う新に、沙季は彼の背に回した手に力を込めて応える。

「もっと……もっと新さんが欲しくて、つらいです」

「……イイ答えだ」

熱情が一気に突きあがってくる。その勢いに腰を浮かせ、沙季ははばかりのない声をあげた。

「あぁぁっ……！　あらたさぁ……んっ……！」

ずくずくと隘路を穿《うが》たれ、まだ慣らされていない花筒が驚きと意外なほどの快感に蜜をこぼし続ける。挿入される前よりも大きな淫音が奏でられ、新の動きも大きくなっていった。

抜き挿しされるたびに蜜液が掻き出され弾け飛ぶ。どれだけ感じたら気が済むのか。自分でも困るくらいなのに、だからといってやめてほしいとはまったく思えない。

「は、ぁあっ……くださ、い、新さん、いっぱい……ああぁんっ……！」

「いいよ……たくさんあげる。沙季が、もういいって言うくらい……」

「……赤ちゃん……できるくらい……」

「もちろん」

勢いよく上半身を起こした新が沙季の膝裏を持ち上げる。腰が大きく上がった状態で律動されると、熱棒に貫かれる様が視界に入っておかしな気分になった。

「ぁうンッ……ダメ、そんな……あぁっ！」

「沙季のココが吸いついてきてすごく具合がいい……。困ったことに止まらない」

「新さぁンっ……！」

「それに、感じている沙季を見ていると、身体の中がビリビリ痺れる。なんでもしてあげたくなる」

それはいいことなのだろうか。

新は嬉しそうだし、ならば彼が沙季に感じてくれているということ。彼が喜んでくれるなら、沙季はもっと嬉しい。

「あらた、さん……新さぁン……ん、ンッ、あっぁぁっ！」

沙季が両手を伸ばすと、彼女の片脚を肩に預け、空いた片手で伸ばされた両手をとる。まとめて握った頼りなく細い手にキスをして、うっとりと浸る間も与えず激しく揺さぶった。

彼の肉茎に押し広げられ蜜口が熱い。とめどなく擦りたてられて、どんどん熱く蕩けていく。

まとめられた両手を腹部で押さえられ、突きこまれるごとに胸の白いふくらみが上下に揺れ動いた。

「あぁぁぁん、ダメ、そんな……したら……んっ、ん」

「イきそう？」

もう片方の脚も肩に預け、新は空いた手で揺れる乳房を揉み荒らす。昨日も思ったが、いつも紳士な彼が荒ぶった姿は、なんて官能的なんだろう。

この人がこんなにも荒々しく求めてくれている。そう考えるだけで全身が戦慄《わなな》き、ただひたすら弾けてしまいたい願望だけが膨らんでくる。

「新さ……んっ、あらた、さん、ダメ、もう、ダメェ……」

「イっていい。俺も……一緒に……」

片手で掴まれていた手を両手に取られ指同士が絡まる。手から彼の熱が伝わってきて幸福感のゲー

ジが大きく上昇した。

「ああっ……！　ダメェ、あらた、さっ……────！」

「沙……季っ」

息をつまらせて強く突きこんだ新が、沙季の奥の奥で熱を放つ。弾けた快感が復活しそうな焦燥感に、沙季の全身が悶《もだ》えあがる。

「ああっ、ああっ……！　溶けちゃ……ああぁンッ────！」

腰が浮き沈みを繰り返し、そのたびに恥骨同士がこすれて、まるで「もっと」とねだっているよう。

震える息を口から大きく吐いて新と視線を合わせると、彼の肩に置かれていた両脚が下ろされた。

下半身に久々の安らぎ。シーツの感触にふっとなごむものの、意識しているせいかお腹の奥がじくじくと疼く。

本当に、新の子どもができる可能性のあるものを身体に取り入れてしまったんだ……。そう思うと、感動と責任感で、じわっと涙が浮かんだ。

「沙季……」

それを見つけた新が沙季を抱きしめる。

「俺を選んでくれて……ありがとう。沙季」

それは違う。選んでもらったのは沙季のほうだし。お礼を言いたいのはこっちだ。

それでも新に抱きしめられ伝わってくる体温が愛しくて、沙季はしばらく、彼の腕に身を任せた。

どうせ一緒に住むなら、楽しく生活したいし、新の役に立ちたい。

そう考えた沙季は、翌日の朝食時、食事の用意や掃除などは自分がやりたいと申し出た。

「え？　食事の用意……？」

ダイニングテーブルの横に立ち、新はちょっとキョトンとした顔をする。

片手にコーヒーサーバー、もう片手にはコーヒーカップを持つ彼。まだ髪を整えていないせいで前髪が軽く片目にかかり、腕まくりをした淡いブルーのシャツは前ボタンを三つほど外したラフな様相。

会社では、絶対に見られない姿。

（あああああああああっ！　あらたさんっ、今朝も素敵ですねぇ！！！）

いつものスーツ姿でなくても後光が射《さ》して見える。

朝から沙季の信者魂は大騒ぎだ。

「はい、お世話になるんだし、わたしができることはしたいなって……」

そこまで言って、沙季は気まずそうに視線だけを横にそらす。

「……って言ってるそばから……新さんに用意してもらっちゃってますが……」

ダイニングテーブルの上には、美味しそうなフレンチトーストと生ハムが添えられたサラダが二人分用意されている。縁に模様が入った平皿と小さなサラダボウルに綺麗に盛りつけられ、フレンチトーストにはフォークとナイフが添えられていた。

これは、新が用意してくれた朝食である。

「そんなに気まずそうにしなくてもいい。用意したって言ったって、沙季が寝ているうちに行きつけのカフェベーカリーでテイクアウトしてきただけだ。俺が手をかけたのはコーヒーぐらい」

新は笑いながら沙季の前にコーヒーカップを置く。

カップの中でたゆたう液体を見ていたら、涙が出そうだ。

（新さんが……淹《い》れてくれたコーヒー……）

まさか、彼自らが淹れてくれたコーヒーを朝から飲める日が来るとは……。

（駄目……有難すぎる……。もう死んでもいい……）

信者魂が発する感動を、今死んでどうすると振り払い、沙季は改めて新を見る。

視線を向けてくれた沙季に、新は自分のコーヒーカップを片手に「ん？」と小首をかしげた。

（ああ、もうっ、いちいちかっこいいなぁぁぁ！！！）

駄目だ。新の一挙一動、一挙手一投足、すべてに反応してしまう。これでは話などできない。

プライベートの姿などという、一生縁がなかったはずのものをこんなに間近で見ているから、気持ちが盛り上がってしまうのだ。

慣れなくては。子作り行為に慣れるのも大切だが、プライベートの新にも慣れていかなくては、沙季はそのうち尊死してしまう。

沙季は気持ちを切り替えるために大きく深呼吸をする。喉を整え、膝の上で両手を重ねて言葉を出した。

「でも、買ってきて、ちゃんとお皿に盛って、こうやって用意していただいて……。すごいです、なんか、ホテルの朝食みたいです。わたし、フレンチトーストにナイフとフォークがついてるの、初めて見ました。わたし、なにもしてなくて、すみません」

「女性に朝食を用意してあげるなんて初めてだから、ちょっとカッコつけたんだよ。沙季に『新さんカッコイイ』って思ってほしいから」

「そんなこと考えなくたって充分かっこいいですからっ」

沙季は力説しつつ、重ねた手で下になった手の甲をつねる。こうでもしなくては顔がだらしなくにやけてしまいそうだ。

「それに……」

沙季の横に立った新が、自分のカップをテーブルに置きながら片手をつく。そのまま身体をかたむけて沙季の顔を覗きこんできた。

「沙季がなにもできなかったのは、俺のせい。俺が、早朝から沙季を感じたくて手を出したから、沙季が蕩けて動けなくなっちゃっただけ。だろう?」

頬がカアッと熱くなる。確かにそのとおりなのだが、そんな艶やかな顔で言われたら腰の奥がきゅんっとしてしまう。

今朝の余韻も手伝って、この眼差しに見つめ続けられたら、それだけで達してしまいそう。沙季は両手で顔を覆った。

「新さん……駄目です～。やっぱり一緒に暮らせないかも……」

「どうして?」

「……ドキドキしすぎて……心臓止まりそう……」

彼の前で心臓止まりそうは失言かもしれない。しかし本当にそんな気分なのだから仕方がない。他になんと言えばいいものか。

「俺も」

「え?」

意外な言葉が聞こえて、沙季は顔から両手を離す。艶やかだった表情が、にっこりと満面の笑みに変わった。

「沙季と一緒にいたら、楽しくていろんなことをしてしまうから、沙季が俺に幻滅しているんじゃないかって考えると、心臓が止まりそう」

「幻滅なんかしませんよ! いろんな姿が見られて、いちいち拝みたいくらいです! 大丈夫ですから、気にせずもっといろんなことしてください!」

あり得ない。沙季が新に幻滅するなんて、例え彼がこの世を終わりに導こうとありえない。

勢いづいた沙季の頭を、新がポンポンと叩く。

「よし、お互い、今心臓止めていられないから、もう少しフラットにいこう」

「え……は、はい……」

「一緒に暮らしているうちに慣れるだろう。そのうち『抱かれたい気分にならないから、もう少しドキドキさせろ』とか文句が出るようになるかもしれない」

「絶対にないです！」

沙季が新にドキドキしなくなるなんて、それもあり得ない。ムキになると、新はアハハと笑って自分のコーヒーカップを持ち、テーブルの向かい側に座る。

「一緒に暮らすことを提案したときも言ったけど、沙季だって働いているんだから、無理に家事をやろうとしなくていい。でも、時間の余裕があるときとか、俺が沙季の料理が食べたいって我儘《わがまま》を言ったときは、作ってくれる？」

「はい！　毎日でも我が儘言ってください！」

気持ちが明るくなって、沙季は笑顔になる。新のためになにかできると思ったら急にウキウキしてきた。

「新さん、日常的に食べたい好きな料理ってあります？　あっ、それより嫌いなものを聞いたほうがいいかな」

「そういえば沙季は、常備菜を作り置きしていたんだったか。ん～、嫌いなものは特にないな……」

「それなら、わたし今日にでも仕事が終わったらお買いものしてきます。冷蔵庫はお酒とおつまみしかないし。早速なにか作らせてください」

「待て、沙季。それは反対だ」

「え？」

ビシッと厳しい顔で言われ、沙季は言葉が止まる。

すると新は、その表情のまま人差し指を立てた。

「買い物は、一緒に行く」

「一緒、に？」

「ずっと、やってみたかったことがある」

「な……なんですか……」

新は厳しい表情を崩さない。沙季は固唾を呑んで彼の言葉を待った。

やってみたいこと。彼がこんなに真剣に言うということは、もしや仕事に関することなのでは……。

「沙季が押しているカートに、無造作に生ハムとかビールとかポイポイ入れて『買いすぎです！』って怒られてみたい」

「……は？」

顔を見合わせ……数秒の沈黙。――二人は同時に笑い出した。

「なんですかそれぇっ！　怒られてみたいってっ」

「既婚の友だちの話によく出てくるから。仲良しだな～と思って、羨ましい」

「いや、それ、仲良しっていうか、奥さん本気で怒ってるかもですよ」

「え？　そうなのか？」

「よーし、じゃ、わたしも怒りますよっ。ポイポイ入れてください」

「そうする。一緒に買い物なんて、新婚みたいだな。楽しみだ」

「新……婚……」

魅惑的な言葉に羞恥心が動きそうになる。しかしここでまた恥ずかしがってしまっては、せっかくなごやかになった雰囲気が台無しだ。

「じゃ……じゃあっ、わたしも腹をくくって新婚気分になります！」

腹はくくらなくてもいい。言葉のセンスがまったくないことに恥ずかしさが募りそうだが、沙季はあえて頬が染まった顔を真っ直《ま》ぐ《す》新に向けた。

新が腰を浮かせる。身を乗り出し、沙季の頭を引き寄せて……。

「新婚気分で子づくりしよう。きっとそのほうが楽しい。よろしく、沙季」

唇が重なる……。

新の唇を感じながら、速くなる鼓動を感じる。

やはりドキドキしすぎて、心臓が止まりそうだと思わずにはいられない。

余命一年の新に、してあげて喜んでもらえることはなんだろう。

そう考えて数日後、ふと思い立った。

新は、新婚気分を味わってみたいのではないだろうか……。

同居初日、冷蔵庫の前で「新婚っぽい」とおどけたり、二人で買い物に行くことを決めたときだって「新婚みたいだ」と楽しそうだった。

子どもだけを望んでいる彼が〝新婚〟になれることはない。「新婚気分で子づくりしよう」とは言われているが、朝に夜に身体を重ねているので、それはそれで達成できているのではないかと思う。

他に、新婚気分を満喫できることはないだろうか……。

(……新婚って……なにをするんだろう……)

その日、沙季は朝からずっとそんなことを考えていた。

仕事をしながら、昼に柏木が奢《おご》ってくれたカレーうどんを食べながら、……考えこみすぎて汁を盛大に飛ばしていたが黒いカットソーだったのでちょっとだけ助かった……。お使い中も、接客中も、建築模型の細かい掃除をしているときも。

夕方近く、新が総合デザイン室に顔を出しアイスを差し入れてくれた。そのときだけは、ひととき考えるのを忘れたのである。

会社では、いつもどおりの変わらぬ自分になれている。新がそばにいるからといって特別はしゃいだりは……。

「先生にいただいたアイスなんて食べられませんよぉ。持って帰りますっ」

アイスのカップを両手で握りしめ半泣きの沙季を見て、室内がドッと盛り上がる。寄ってきた柏木が沙季からアイスのカップを奪おうと手を伸ばした。

「溶けたらもったいないだろう。オレが食ってやる」

「ぜぇったい渡しませんっ。柏木さんがひもじくて泣いていてもあげませんっ」

身体をひねってアイスを死守する。「ひでーな」と言いながら柏木が面白そうに笑う。他のアシスタントから「先生からの賜りものなんか横取りしたら、闇夜で仇討ちされるぞ」と声が飛んだ。

本気で会社の冷凍庫に入れておいて持って帰ろうかなと考えていると、新が近寄ってきて身体をかがめ、下から沙季を覗きこんだのである。

「そのアイスは水澤さんのエネルギーになる。そのエネルギーで、残りの時間、俺のために元気に働いてくれないかな?」

「今すぐにいただかせていただきます!」

舌を噛みそうな決断を口に、沙季はアイスカップの蓋を躊躇《ちゅうちょ》なく外した。

「さすが新さん。水澤の調教ができてますね～」

「いやいや、水澤さんは素直なだけだから」

感心する柏木を、新は軽くいなす。そんな言われかたをされると猛獣にでもなった気分だ。

バニラ風味が濃厚な高級アイスを有り難く食べつつ、沙季は改めて、会社にいると新に関して熱くなってしまう自分を思い知る。

一緒に生活しているぶんには結構落ち着いて楽しく過ごしているつもりだ。だからといって、会社でも落ち着いて新に接することができるかといえばそうでもない。

(だって、会社ではすっごく〝先生〟モードなんだもん‼)

一緒にいるときの新は、優しくて艶っぽくて情熱的で……。——考えているうちにベッドの中での新を思いだしそうになり、慌ててピンクな思考を打ち払う。

とはいえ、いきなり沙季が冷静に新と接することができるようになってしまったら、それこそみんなに気味悪がられてしまう気がする。

新も仕事中は、自分に懐《なつ》いているアシスタント補佐として沙季を扱うので、これはこれでいいのだろう。

新のためのエネルギーを蓄積すべくアイスを食べていると、アシスタントの一人が自分の補佐の首に腕を巻きつけ、新に話しかけた。

「新さん、聞いてくださいよー。こいつ、彼女のノロケばっか聞かせるんですよ」

「わざわざ先生に言わないでくださいよっ」

「そうか、いいね、人の幸せな話は聞いているほうも幸せになれる」

アシスタントの一人が補佐をからかい、補佐が照れ隠しにムキになるが、新はやんわりとその場を収めてしまう。

圧倒的癒し。

沙季は心の中で盛大に親指を立てる。

「毎日イチャイチャしてるから、ネタは尽きないみたいです」

「勘弁してください〜」

「イチャイチャか、いいなぁ。でも、仕事中は集中してくれよ？」

「は、はい、もちろんですっ！」

イチャイチャを羨みながらも、仕事に対する釘《くぎ》は刺す。室内が笑い声に包まれた。

そのとき、思いついたのだ。

（イチャイチャ……）

新婚といえば、イチャイチャではないだろうか。ベッドの中でイチャイチャはしているので、普段の生活の中でもイチャイチャすれば、新婚っぽいのでは。

（これだ！）

沙季は勢いづいてプランを練る。終業時間までに脳内でまとめ、さっそく実行しようと張り切って帰宅した。

幸いにも、今夜は新が打ち合わせで沙季よりも帰宅が遅い。沙季は夕食を作って待っているということになっている。

脳内で練った、新婚っぽいイチャイチャができる絶好の機会ではないか。

（新さんに、さらなる新婚気分を味わってもらえるかも！）

沙季は張り切って準備に入る。

――新が帰宅したのは、夕食の準備も終わり、お風呂の用意もできたベストなタイミングだった。

「おかえりなさい、新さん」

もちろん沙季は出迎えるため玄関へ走ったのだ。

「ただいま、沙季」

にこりと微笑んで廊下に上がった新の前に立ち、一瞬戸惑いつつも「よし」と意を決して、彼の腕に両腕を絡ませ抱きついた。

「お疲れ様です。……ぇと、ご、ご飯にします？　お風呂にします？　それとも……わたし……？」

これはいけない。照れが混じってしまった。計画では、これを言ってから二人で照れ笑いをするという微笑ましい予想をたてていたのに……。

沙季の発言に、新は不思議そうな顔をするばかりだ。

（違うでしょっ。最後は、ア・タ・シ？　って区切って思わせぶりな言いかたしないと……。なにやってるかな、わたしはっ！）

せっかく夕方から脳内妄想を完璧にしていたというのに。

腕に抱きついて、甘えた感じで決めゼリフ。

『ご飯にする？　お風呂にする？　それとも、わ・た・し？』

を繰り出す、という計画だったのだ。

新婚といえば、これではないかと感じた。新だって似たようなことを言って、沙季をからかったことがある。

新婚っぽいイチャイチャには、もってこいだと思ったのに。

（失敗だぁ……）

新の腕に抱きついたままガクッと肩を落とした沙季だったが、その肩を抱き寄せられ、新の胸の中に入れられた。

「じゃあ、沙季にしようかな」

「はい？」

「ご飯とお風呂は、そのあと。今は沙季がいい」

「えっ！　あのっ！」

新が進むままに沙季の足も進む。あろうことか廊下の壁に押しつけられ、唇を奪われた。

カットソーの裾から新の手が入ってくる。ブラジャーの上から絞るように胸を掴まれ、布越しの刺激に肌が反応をしはじめた。

「あ、新さ……」

彼の肩を押して顔をそむけようとするが、離れかかった唇はすぐに吸いつかれ、舌をさらわれて言葉を奪われる。

カットソーの中でブラジャーのストラップが肩から下ちる。片方のふくらみを取り出され、先端を擦りたてられた。

「んっ……ン、ゥンン」

刺激に反応して腰がうねる。新のもう片方の手がスカートをたくし上げ、太腿を撫でまわした。両脚のあいだに彼の片膝が入っているので、脚を閉じることができない。

「あ、新さ、ん……、ダメ……」

「ん？」

「こんな所で……いきなり……」

「沙季がシたい、って」

「言ってません、ぁアンッ」

「ご飯とお風呂と沙季を並べられたら、沙季を選ぶに決まっているだろう」

カットソーをまくり上げると、片方だけカップからこぼれた乳房が顔を出す。指で擦られて煽られた乳首が、赤く実って新を誘った。

「こんなにいじってほしそうにしてるのに」

頂を咥えてちゅぱちゅぱと吸いたてる。刺激的な電気がバチバチと弾け。お腹の奥が重くなって腰が引ける。

「ぁンッ、吸っちゃ……」

「ダメ?」

舐め上げようとした舌を乳首の手前で止めて、新が上目づかいで沙季を見る。

自分が置かれた状態だけでも刺激的なのに、こんなふうに嬲られかかる様子を見せられては煽られるばかりだ。

そのせいか、しゃぶられて濡れた先端が熱い。じくじくしだして、手前で止まった舌を待っているのを感じる。

「ダメじゃ……ない」

止まっていた舌が大きく上に動き、尖り勃った先端を口に含んで舐り回す。むず痒かった場所を優しく掻き乱されているような快感は、沙季の全身を淫らにうねらせ甘い声をあげさせた。

「あっぁぁん……新さぁン……」

昂ぶりに応えるよう強く吸引され、ストッキングとショーツを太腿まで下ろされる。

「沙季はすぐ濡らすから。先に下ろしておかないと、入浴前に着替えなくちゃならなくなる」

身体を反《かえ》され壁に手をつく。腰をうしろへ引かれると、スカートを大きくまくり上げられた。

「ひぁ……ンッ!」

お尻の双丘を広げられ、谷間に舌が這う。秘裂を割ってぐちゅぐちゅと淫音を響かせた。

「あっ、あ、ダメ、こんな所でぇ……」

「もうべちゃべちゃだ。こんな所、が刺激的だったのかな?」

「し、知らな……ぁぁぁ、ゥンン……」

こそっと新を見ると、彼は沙季のうしろに膝をついて脚のあいだに顔を入れている。したたる蜜を逃さんと、舌を伸ばして淫液をすする。

「あっ、ダメぇ……あらたさん、エッチですよぉ……ぁぁん」

「沙季が誘ったのに?」

「だ、だってそれはぁ……あっ、あっ……ダメ、きもち……ぃ」

愛液を吸い取るだけではなく、彼の舌は秘唇をなぞり陰核まで圧してくる。こんなの、堪えられるはずがない。

まさかこんなことになってしまうとは。

ただ〝新婚さんふうのお出迎え〟をしようと計画しただけだったのに。

「ダメェ……そんなことしたら、我慢できなくなっちゃうからぁ……」

「しなくていい」

新が立ち上がった気配がする。秘裂に熱い塊が引っ掛かり、腰を両手で押さえられて「これはもしかしたら」と思うものの、戸惑う間も与えられないまま熱塊が蜜孔に挿入された。

「ぁあんっ……!」

緩慢な抜き挿しをしながら、新は腰を上げて内奥をえぐり上げる。背筋がゾクゾクと粟立《あわだ》ち腰が抜けてしまいそう。

「あぁぁ……それ、ダメェ……ぅうン……」

「ダメばっかり言ってる。こんなに悦《よろこ》んで絡みついてくるのに」

声のトーンが艶やかすぎて、鼓膜の奥が痛い。うしろから貫かれているぶん新の顔が見えなくて、いったいどんな顔をしてこんな声を出しているんだろうと思うと、雄の顔をした獣じみた彼を想像してしまう。

「だって……ダメ、刺激……強すぎ……やぁンッ」

「沙季の反応も刺激強すぎ……。我慢できないのは……俺のほう」

ぐぅんと大きく突きこまれ、猛《たけ》りきったものが最奥を穿つ。その刺激に膝が崩れた。

「ああっ……！」

すかさず新が沙季の腰に腕を回す。崩れ落ちるのを防ぎながらゆっくりと膝をつかせた。

壁から離れた手が床につくが、上半身も落ちるように伸びてしまったので腰だけが高く上がった体勢になってしまっている。

新自身が沙季の中にはまったまま体勢を変えたので、蜜窟で大きく刺激を受ける部分が変わったらしい。今度は身体の中心を串刺しにされたようなおかしな感覚に襲われた。

「あぁ……新、さんで……いっぱい……」

「いっぱい？　もっと？」

　ググッと奥まで圧しこみ、淫らな部分をこすりあわせるように腰を回す。最奥で欲情に膨らんだ竿が子宮口をぐりぐり圧迫した。

「あぁぁっ！　ダメェっ……そんな、こわれちゃう、からぁ……ぁぁんっ！」

「壊さないよ」

　激しく腰を振りたくり、これでもかとばかりに隧道《ずいどう》をこすり上げる。ずちゅっずちゅっと遠慮会釈なく穿たれて、沙季の官能は降伏寸前だ。

「あああっ！　ダメェっ、新さっ……イっちゃ……ぅ、ぁぁぁっ！」

　激しい抜き挿しに身体が大きく揺れ動く。自分で移動しているわけではないのに身体が押され、頭が壁についてしまう。

　沙季は両手を壁につき、顔を上げて喜悦の声を発した。

「もう……ダメぇっ……ぁぁぁん、イクぅ――――！」

　快感が弾けた瞬間、お腹の奥で新の熱を感じる。愉悦でより敏感になった部分にほとばしる灼熱《しゃくねつ》が、沙季の胎内を蕩かしていく。

「あぁ……あ、ぁぁぁ……」

　余韻が糸を引き、下半身が痙攣した。達した瞬間に噴き出した熱で全身が熱い。こんなに熱いのに、どうして服を着ているんだろう。

「沙季……」

新がうしろから沙季を抱きしめる。今気づいたが、彼もスーツを着たままだった。そのせいか乱れた髪が額や頬に貼りついている。

顔をかたむけて唇を合わせる。唇が離れると、新が苦笑した。

「食事の前に……軽くシャワーかな。汗かいたな」

「あ、新さんが、こんな所でスルからっ……」

ちょっと拗《す》ねた声を出す。しかし新はチュッとかわいいキスをよこして、まったく気にしていない。

「沙季が『それとも、わ・た・しっ?』とか言って誘うから悪い」

「そんな言いかたしてませんっ」

そんな言いかたを……本当はしたかったのが本音だが。

「せめてベッドに移動すればよかったのに……」

「腕に絡んできた沙季がかわいくて我慢できなかった。ベッドはあとで。今度はゆっくりじっくりシてあげる」

沙季はキュッと眉を寄せる。

「ベッドでも、スルんですか?」

「スルよ?」

「今……シましたけど……」

「軽くね。ただいま代わりに」

これは本気だ。なんということだろう、ただいま、おかえり、の挨拶感覚で抱かれてしまった。それもこんな場所で。

「俺はあとでいいから、軽くシャワーを使っておいで。それとも一緒に行く？」

「……一緒に浴室に入って……軽くシャワーを浴びて出てこられるんですか……？」

「ん～、無理」

刺激を与えないようにかゆっくりと怒張を引き抜き、新は軽くトラウザーズを上げて沙季を膝に座らせる。

背中から抱き締め、嬉しそうな声を出した。

「沙季といると楽しい。ついくっつきたくなる。会社では我慢できるのに、二人になるとできない。おかしいな」

同じだ。沙季だって、仕事のときはいつもの調子でいられるけれど、二人になると気持ちが切り替わってしまう。

そばにいたくて、笑いあいたくて、感じあいたい……。

けれどそれを伝えるのが照れくさくて、沙季はちょっと拗ねた声を出す。

「そんなに、くっつきたくなるんですか？」

「うん。イチャイチャしたい」

「イチャイチャ……」

もしかしたら、すでに〝新婚っぽいイチャイチャ〟はできていたのかもしれない。

同居してこの数日、ペントハウスにいるときや一緒に出掛けているときも、当たり前のようにくっついている。

すでに課題はクリアできていたのだ。

「そんなイチャイチャばかりしていたら、すぐに赤ちゃんできちゃいますよ」

ポツリと呟く沙季の頭を抱き寄せ、新は優しく撫でる。

「……そうだ。すぐできる」

どこか考えこむような声だった。

――すぐできる。

早めにできてくれないと、困る。

沙季は新の胸に頭を擦りつけ、小さな声で呟いた。

「早く……できたらいいのに」

この調子で身体を重ねていれば、そんなに時間はかからないだろう。本当に〝すぐ〟妊娠が発覚したっておかしくない。

きっとすぐに懐妊できる。

沙季はそれを信じたし、きっと新も同じように思っていただろう。

ほぼ確定事項のように思っていたからこそ……。

――後日、妊娠の可能性を打ち破る体のサイクルが訪れてしまったとき、なにかの間違いだと思わずにはいられなかったのだ。

ガッカリさせたくないが言わないわけにもいかない。沙季は月経があったことを、朝食のテーブルで新に報告した。

新は、申し訳なさそうにして食事も進まない沙季の横に立ち、頭を抱き寄せ、いたわってくれたのである。

「体調は悪くない？　もし身体がつらいようなら会社は休みなさい」

「それは……大丈夫です。痛み止めで、どうにでもなるし」

新は沙季の頭を撫でる。おだやかな優しい手つき。

慰められている。すぐにそれを感じた。

心配させないようになにか言わなくては。それなのに気の利いた言葉が出てこない。それだけ落胆がすごいのだ。

絶対妊娠するだろう。間違いないと、楽観的になっていたから。

きっと、沙季より新のほうがショックを受けているに違いない。彼は時間がないのだ。

「すみません、新さん……。絶対……できてると思ったのに……」

「どうして沙季が謝る。謝る必要なんてない」

沙季の頭から手を離し、テーブルに手をついてポンッと肩を叩いた。

「よし、また頑張ろう。今度は……そうだな、排卵予定日付近……っていうのを狙ってみるか」

「……わたし、ピッタリ周期が整っているわけじゃないから、そういうの、あまりはっきりわからなくて……。でも、それ付近、ならわかるかな……」

「だから、今までどおり、朝に晩にイチャイチャすればいいだろう？　体の調子が整ったら教えて。ソワソワしながら待ってるから」

　顔を上げると、新がにこりと微笑む。

「それ付近を狙う意味は……」

「あまりないかな。沙季を抱きたい欲を溜めに溜めておく」

「なんですか、その欲は。エッチですねっ」

　思わずぷっと噴き出してしまった。その唇に、新の唇が重なってくる。

「イイ子で我慢してるから、キスくらいはさせてくれ」

　新はがっかりした様子を見せない。それどころか沙季を元気づけてくれる。彼の気持ちを汲《く》んで、沙季もにこりと微笑んだ。

「はい、いいですよ。しばらくイイ子で待っていてくださいね」

　唇が重なってくる。彼の優しさに涙が出そうなくらい心が落ち着いていく。

　新のあたたかさを感じながら、沙季は、今度こそ、今度こそとは希望を繋いだ。

――そうして、新の子どもを産むのだと決心して、二ヶ月が過ぎたのである。

「そいでね、プールにね、せんせいがいて、おとこのひとといっしょで、かれし？　ってきいたら、ちがうよー、って。ぜったいウソだよねぇ」

女の子はおませさんだとはいうが、ひまりも例外ではないようだ。

「かれしだとおもうひとがね、『そうだったらどうする』ってきいてきたんだけど、ひまりはおしゃべりできなかった。だって、おとこのひとこわいもん」

それ以前に、こんなに饒舌《じょうぜつ》な子だっただろうか。そう思ってしまうほどの早口だ。

しかしひまりにちゃんと会って話しをするのはほぼ二ヶ月ぶり。久々のズットモとの再会におしゃべりが止まらなくなるのも仕方がない。

新のペントハウスで一緒に暮らすようになってから、まったく会いにきていないわけではない。タイミングが悪いのか、沙季が愛季のアパートへ顔を出したときにひまりがいなかったり寝ていたりで、向かい合って話すのは本当に久しぶりなのだ。

予定が空いた土曜日の午前。

今日はひまりがいると聞いて、ケーキをお土産にやってきたのである。

「さきちゃん、はい、あーん」

かわいい笑顔で、フォークの先に刺したモモを沙季に差し出す。

フルーツタルトの上にのるフルーツをひとつひとつ楽しんで食べていた。ひまりはモモが好きで、好物だから最後まで取ってあったのではないだろうか。

「いいよぉ、ひまりが食べなよ。モモ大好きでしょう?」

「ひまり、さきちゃんのほうが好きっ」

目が皿になる。そのあとふにゃぁっとゆるんで、沙季は溶けそうな顔でローテーブルの隣に座るひまりに抱きついた。

「沙季ちゃんもひまりが大好きだよぉ~」

「せんせいより?」

悪気のない質問に眉が寄る。

パッとひまりを離して向けられたままのモモを食べると、ひまりはにこぉっと満面の笑みを作り、残ったタルト生地をつつきだした。

「なつやすみ、せんせいとどっかいった? デートした?」

「ひまりぃ、いっつも〝おかあさんと〟そんなお話ししてるのぉ?」

「うん、おかあさん、しんぱいしてたよ。さきちゃんウマくやってるかなぁ、って」

「ふーん」

「せんせいといっしょに、すっごいものつくってるって。たのしみだね~って」

「ふぅぅーん」

「かんせいしたら、ひまりにもみせてね」

チラッと視線を上げると、キッチンに立っている愛季が笑いだしそうな顔でこちらを見ている。

「すっごいものつくってる」とは、なかなか幼児が興味を引かれずにはいられない言いかたをしてくれる。

沙季は肩を上下させて息を吐くと、ひまりに負けないくらいの笑顔を作った。

「もちろん見せるよ〜。一緒に遊んでほしいな〜」

「おもちゃ？　おにんぎょう？」

「もっといいものだよ〜」

「たのしみー」

目をキラキラさせるひまりが以前よりもかわいく感じてしまうのはなぜだろう。

――こんなかわいい子供が欲しいな……。

そんな気持ちがとても大きくなるせいだろうか。

新の子どもを産もう。そう決心した二ヶ月前は、ただ単純に、彼の子どもが欲しい。彼の願いを叶えて、彼のDNAを持った子どもを産むんだ。という気持ちしかなかったのに。

最近はその目標が具体的になっているような気がする。

新のように綺麗な子だといいなとか、女の子なら一緒に料理を作ったりできる子がいいなとか、人を思いやれる優しい子になってほしいとか……。

なにより、純粋に、新との子どもが欲しいと思いはじめている。

そう思えば思うほど、ある悩みが大きくなっていった。

「ひまり、それ食べたら準備してね。おばあちゃん迎えにくるよ」

「はーい」

いいお返事で食べるピッチを上げる。とうとうフォークが邪魔になったらしくタルト生地を手に持ってかぶりつきはじめた。

「そこまで急がなくていいよ」

苦笑いで愛季がキッチンから出てくる。切り分けたレアチーズケーキとアイスティーを沙季の前に置いた。

自分のぶんはお盆にのせたままテーブルに置く。ペーパーナプキンでひまりの口を拭いた。

「ほーら、クリームついてる。おばあちゃんに笑われるよ」

「おばあちゃんもおダンゴのタレ、おくちにつけてたべてたよ」

「ほんとー？　初耳っ。今度みたらし団子買っとくわ」

いたずらっぽくニヒヒと笑う愛季だが、今は順調な実家との関係も、妊娠して一人で子どもを育てる決心をしたころは、勘当同然で家を出たらしい。

結婚もしていない娘が妊娠した。相手が誰かは言わず、一人で産み育てるという。――普通の親なら、怒るだろう。考え直せと説得するだろう。

実家との仲を取り持ってくれたのは、生まれたひまり自身だ。初孫かわいさに、両親は愛季に寄り添ってくれた。

沙季の両親が生きていたら、娘の決心をどう思っただろう……。

「ごよういするー」

食べ終わったお皿とコップをキッチンに下げ、ひまりは元気よく準備に走っていく。今日は実家にお泊りだという。愛季が深夜シフトを入れた日なのでちょうどいいらしい。

「遠慮なく言ってとかカッコつけたのに、結局ひまりを預かれなくてごめんね」

そのあたりが申し訳ない。沙季のほうは預かろうと思えば不可能ではないのだ。そのときだけ元々のアパートで預かればいいだけだし、仮にペントハウスのほうに連れて行ったって、新はいやがらないだろう。

友だちの子どもを預かることがあるとも言っているし、元のアパートの向かいに友だちが住んでいるというのも知っている。

ただ、ひまりが男性に対して人見知りが激しいので、新がよくてもちょっと考えどころだ。保育園に顔を出すお友だちの父親などは平気らしいのだが、独身の男性となると一気に警戒する。

しかしなんといっても一番気にしてしまう理由は、今まで気楽に頼ってくれていた愛季が「預かって」と言わなくなったことだ。

シフトが遅いときやなにかあったときは、今までは一番に沙季に相談してくれた。新の元に行った決心を知っているから、気を遣って言わなくなったのだろう。

「気にしないで。もともとうちの親も、もっとひまりを預けていいよって、いかにも『預けてくださ
い』って言わんばかりだったから。ちょくちょく孫の顔が見られてホクホクだよ」

笑いながら自分の皿とグラスをお盆からテーブルに移し、愛季は早速レアチーズケーキを口に入れ
る。フォークを咥えたまま、まぶたを大きく上げた。

「美味しっ、なにこれっ、すっごく美味しいっ」

「新さんのマンションのすぐそばにあるケーキ屋さん。小さいお店なんだけど、すっごく美味しいの。

パン屋さんも併設してるから、開店が早いんだ」

「ひまりじゃないけど手づかみで食べそう」

「おばあちゃんに笑われますよ？」

「むしろ私は怒られるかな」

「甘いのは孫にだけ？」

「そんなもんよ」

二人でアハハと笑ってレアチーズケーキにフォークを入れる。ケーキはもちろんなのだが、ここは
パンも美味しい。

「今日の午前中は愛季の所に行くけど、お土産なにがいいかなって相談したら、新さんが朝一でお店
に行って買ってきてくれたの。ひまりはモモが好きだって教えたら、モモを丸ごと一個使ったモモの

ケーキを買ってこようと思ったらしいんだけど、それが出てくるまであと一時間かかるって言われて、悔しがってた」

「ふぅん……」

物言いたげに相槌《あいづち》を打ち、愛季がお尻を移動させながらにじり寄ってくる。真横に正座をしたかと思うと、ぐりぐりと肘でつつかれた。

「なによぉ、かわいがられてるじゃないの。お出かけのお土産を買いに走ってくれるなんて。『なにがいいかな』とかって、かわいいぞ、沙季ぃ」

「も、もともと優しい人なんだよ。人のためになにかしてくれようとする人で……」

「でも、来るたんびに惚気《のろけ》ていくじゃないの。仲良しだな～って微笑ましいよ」

「そう？」

惚気て……なんていただろうか。

愛季に会うたびに新の話はしていた。ただ話題に出しているだけというのと惚気は違うのではないだろうか。

予想以上に新が料理上手だとか、食事中に「沙季、これ美味《うま》い。あーん」と、自分が美味しいと思ったものを食べさせようとすることとか、仕事で疲れてボーっとしていたら、いきなり膝にのせられて撫でられることとか……。困った顔をしたら「沙季は困った顔もかわいい」と言って尖りかかる唇をつつかれることとか……。

……惚気ているのかもしれない……。

（わたし……惚気てたの⁉）

改めて思い知らされる。無意識のうちに愛季に新の優しさを語っていたようだ。

新との生活は楽しい。最初のうちは子づくりのために置いてもらえるのだから迷惑をかけないように……と気を張っていたが、そんな緊張はいつの間にか新に取り払われていた。

一緒に食事をして、ホームシアターで映画を観《み》て、他愛《たあい》ない話をしながらお酒を飲んで、一緒に買い物に行ったり、ドライブをしたり、外食をしたり飲みに行ったり。ときに新の作品について沙季が篤く語ったり……。

ときに一緒に入浴して……毎日一緒に寝ては肌を重ねて……子づくりをして……。

「なんか、新婚さんみたい」

「ひぇっ⁉」

おかしな声が出てしまったのは、考えかけては「こんなことは考えちゃいけない」と打ち消してきた言葉を愛季が出してしまったからだ。

「だってさ、本当に仲良しこよしでしょ？　子づくりだけ、っていうなら、もっと冷めてるんじゃないかなぁ。極端な話、子種だけもらえばいいんだから」

「こ、子種って……新さんを種馬みたいに言わないでっ。あの人は、人間的に完璧な人なのっ。だから、彼の子どもを産みたいって言ったわたしを気遣ってくれている、とってもとっても慈愛に満《み》ち溢《あふ》れた人なだけだから」

フォークを握りしめて力説する。……これは、結局新を褒めている……惚気ていることになるのではないだろうか……。

「沙季は先生が大好きだもんね。昔っから」

定番の言葉が出る。もちろん否定はしないのだが、最近はこれを言われるたびに胸の奥がこそばゆくて堪らない。

「それだけ仲良しなら……、もう、その成果が沙季に宿っていてもおかしくないんだけど……」

レアチーズケーキにゆっくりとフォークを入れながら、愛季は同じくらいゆっくりと言葉を出す。ちょうど口に入れたばかりだった沙季は、それを味わって飲みこむあいだだけ話をはぐらかした。

「……最近思うんだけど……」

ずっとはぐらかすわけにもいかない。沙季は歯切れ悪い声を出す。

「わたし……子どもができない体質なんじゃないだろうか……」

「どうして?」

話しづらい。しかし話さないと始まらないし、沙季の悩みも楽にならない。沙季はフォークを皿に置いて、両手を膝の上で組んだ。

「愛季が言うとおり、仲良しだと……思う。……自惚れてしまいそうなくらい大事にしてもらえて、なにかの間違いじゃないかって、怖くなる。新さんは時間がない人だから、できるだけ早く妊娠したいし、だから、新さんも頑張ってくれてるんだと思う。新さんが仕事で仕方のないときと、わたしが月経のとき以外は子づくりしてるんだよ。でも……」

「まだ、できない」

一番の問題を愛季が口にする。

沙季はこくっとうなずいてからアイスティーのグラスに口をつけた。グラスの水滴で手が滑りそうになり、手に汗をかいていたことに気づく。

「毎日抱いてくれるから、最初はすぐに妊娠するんじゃないかって思ってた。だから、月のモノがきたとき『どうして？』って不思議だった……。でもほら、次こそは大丈夫って思うじゃない。思ったよ。でも……結局、またきちゃって……」

「きたの、いつ？」

「一週間前。終わったばっかり……」

「先生は……なにか言ってる？」

新を思い浮かべ、沙季は首を左右に振る。

「ただ頭を撫でてくれる。『よし、また頑張るか』って。妊娠できないこと全然責めない」

「責めるって……。妊活している人の話でよく聞くけどさ、妊娠しなくて女のほうだけが責められるのは間違ってるよ。だいたい、事前に二人ともそれなりの検査とかしてるわけじゃないんだから。どっちのせいとか決めちゃいけないでしょ」

「ん……、新さん『俺が歳だから精子が弱いのかな』とか言いだして……」

「先生、いくつだっけ？」

「三十五歳」

「どこが歳なの、超精力的な年代じゃない」

ほぼ連日沙季を抱き潰して、それでも毎日のハードスケジュールをこなしているのだから、仕事に対しても、性的な意味でも、精力的なのは間違いがない。

「精子が少ないとか多いとか、年齢で決められるものじゃないらしいし。ただ、ストレスなんかは関係あるって聞いたかな……。先生の……病気が関係してるとかはない？」

どくっと鼓動が濁る。一番考えたくない可能性かもしれない。

「先生の病気って、ハッキリ聞いていないんだっけ」

「うん……」

うなずきながら冷たいアイスティーを口に入れる。

余命の詳細については、どうしても話さなくてはならない〝そのとき〟がくるまで触れないという約束をしている。

しかし、今が〝そのとき〟なのかもしれないとも思えるのだ。

「あ、ちょっと待って」

スマホの着信音が流れ、愛季が立ち上がる。充電中のスマホを取り話しだした。

「はい～。うん、ひまりはもう用意できてると思うよ。……え？　なにそれ。いいよ、わかった。駅まで連れてく」

仕方がないという口調で通話を終え、愛季はひまりがいる部屋へ入っていく。

「ひまり、おばあちゃんね、車が壊れちゃって電車で来たんだって。駅で待ってるっていうから、一緒に駅まで歩こう」

ひまりへの説明で状況は呑みこめた。それなら沙季も帰る準備をしたほうがいいだろう。

新がペントハウスにいるなら近くまで迎えにきてもらうこともできるが、今日は夕方まで打ち合わせで家を出ている。

（帰りに買い物していこうかな。でも一人で買い物に行くと新さんがシュンってなるから……）

思いだして顔がにやけかける。新が忙しいだろうと思って一人で買い物に行ったとき、帰ってきてから新に「一緒に行きたかった。沙季の横でカート押して、無駄にチーズとか入れて怒られたかった」と落ちこまれたのである。

もちろんふざけただけだろうが、あのときの新が妙にかわいくて、それ以来一人で買い物に行けなくなった。

「ひまりを送ったついでに、わたしも帰るね」

ひまりに会いたかった本日の目的は達成したし、食材の買い物が無理なら書店にでも寄ろうか。このあとの行動プランを立てつつ戻ってきた愛季に言ったところ、彼女はムッと機嫌の悪い顔をして拗ねた声を出した。

「え？　なんで？　もうすぐお昼だしさ、一緒にランチしようよ。私、今日は深夜シフトだし、時間あるし。沙季とおしゃべりしたいし……あっ、でも……」

駄々《だだ》っ子風の口調は、なにか思いついたように言葉を止める。

「……ごめん、もしかして、先生と約束がある？」

気を遣われてしまった。沙季は笑いながら片手を小さく振る。

「ううん、ないよ。新さん、今日は夕方にならないと帰ってこないし」

「じゃあ、いいじゃない～、沙季はひまりに会えればそれでいいの～？」

片腕を掴まれてぐいぐい引っ張られる。なんだかひまりに駄々《だだ》をこねられているみたいでおかしくなってきた。

「わかったわかった。じゃあ、一緒にランチしよう。そのあと書店につきあってよね」

「もちろんっ。まかせてっ」

「なに言ってるの。書店に行ったらだいたい長いのは愛季のほうでしょ」

二人でアハハと笑っていると、お気に入りのポシェットを提げてかわいい麦わら帽子をかぶったひまりが、部屋から出てきて沙季の横で仁王立ちをした。

「さきちゃん、おかあさんとおでかけ？」

「うん」

「せんせいというものがありながら。うわきしちゃだめよっ」

……女の子はおませさんだとはいうが……、どこでこんな言葉を覚えるのだろう……。

沙季はチラッと愛季を見る。

「……あまり……幼児によけいな知識を与えないでください……」

「すまん」

そんな大人二人のやり取りを、ひまりだけが笑い声をあげて楽しんでいた。


最寄駅まで徒歩十五分。

ひまりの両手を大人二人で占領し笑いながら仲良く歩く姿は、まるで一組の親子のよう。……は、言いすぎか。

駅の手前で信号待ちをしていたところ、見覚えのある車が視界の中央で停まる。黒光りする大きな外車。それはもちろんひまりの目も引きつけた。

「ひまり知ってる。ああいうクルマ、おっかない人がのってるんでしょう?」

どこにそういった〝おっかない人〟がいるかわからないのだから、あまり大きな声で言ってほしくはない。

「そうとは限らないよ。お仕事で乗ってる人もいっぱいいるんだよ」

沙季のフォローを、ひまりは「へーえ」と嬉しそうに聞いている。この歳の子どもにしてみれば、知らないことを知れるのはすべて発見なのだ。

でも嘘じゃない。少なくとも今視界に入っている車は、お仕事で乗っている人だ。

後部座席のドアが開く。そこから降り立った人を見て、一瞬周囲がざわめいた。——新だ。

作品や名前は知っているかもしれないが、ほとんどの人は彼の顔を知らないだろう。それでも人の目を惹《ひ》きつける容姿を持つ人なのだ。

移動中に沙季を見つけたようだ。軽く手をあげて近づいてくる。

「沙季」

「あ、新さん……どうしたんですか……」

「うん、移動中。沙季の姿を見つけたから、柏木に無理を言って停めてもらったんだ」

「かっこいいおにいちゃんだぁ」

話に割りこんできたのはひまりだった。いつの間にか沙季から手を離し、あろうことか新を指さしている。

「こらっ、ひまり」

愛季が注意しようとするが、それより先に新がひまりの前にしゃがみ、視線を合わせて優しく微笑みかけた。

「かっこいいって言ってくれてありがとう、お嬢さん」

四歳の女児もレディ扱い。さすがとは思うが、ひまりが男性に対して人見知りであることを思いだして息を呑む。

怖がって愛季のうしろにでも隠れてしまったら、それなりのフォローを入れなくては。

「おにいちゃんは、さきちゃんのせんせい？」

沙季もそうだが、愛季も驚いたようだ。てっきり、また人見知りが発動すると思ったのに、ひまりは笑顔で新に話しかけている。

「うん、そうだよ。よく知ってるね」

「おかあさんがおしえてくれるの。いっしょにスゴイものつくってるから、たのしみだね、って言ってしまった……。」

内輪での話題にしていると気を悪くしないだろうか。愛季もそう思うのか、ちょっと気まずそうな顔をしている。

「楽しみにしていてくれる？　一緒に遊んでくれると嬉しい」

「さきちゃんにも、いっしょにあそんでって言われたの。いっぱいあそぶ」

「ありがとう。ところで、とても素敵な帽子ですね。よくお似合いです」

着目点を外さない。幼くとも女は女。お気に入りを褒められて嬉しくないはずはない。麦わら帽子のつばを両手で引っ張って、ひまりはご満悦だ。

それどころか帽子を脱いで新の頭にかぶせてしまった。

「かぶってみていいよ、せんせい」

「ありがとう。素敵すぎで、せんせいには似合わないですよ」

「にあうよ。せんせい、かっこいいもん」

「そうですか？　嬉しいです」

「でも、かっこいいからって気をぬいちゃダメだよ。さきちゃん、うわきしようとしてるよ」

「うわき？」

不思議そうな顔で新に見上げられ、沙季はなんと言っていいものか困る。それよりなにより「浮気」という言葉を使われていることを、新は不快に思わないだろうか。

恋人や夫婦ならともかく、今の二人の関係で使う言葉ではないだろう。

「ひまりのおかあさんとランチにいくんだって。イチャイチャして、すっごくなかよしなんだよ」

イチャイチャとか……。言いつける気満々である。

「そうか、そういう浮気なら大歓迎だ」

立ち上がった新は、スーツの内ポケットから出したものを沙季に差し出す。受け取ったのは、ホテルのランチビュッフェのチケットだった。

「お友だちと一緒に行っておいで。ちょうど今日が期限だったから、ちょうどいい」

「いいんですか？　これ、高級ホテルのランチ……」

「戴きものなんだ。誰かが行かないと無駄になる」

「ありがとうございます」

素直にお礼を言って、覗きこんでくる愛季にも見せる。チケットを覗きこんでから、ペコっと新に頭を下げた。

「すみません、お言葉に甘えます」

「ぜひ。いつも沙季がお世話になっています。とても仲がよさそうで、ときどき私が嫉妬してしまうくらいですよ」

それは話を大きくしすぎではないだろうか。ランチの最中、愛季にからかわれる光景が目に浮かぶようだ。

ひまりがチケットを見たがったので、愛季がしゃがんで見せる。その隙にとばかりに新が沙季の耳元に顔を寄せた。

「浮気、っていうから……他の男にしようとしているのかと思って……焦った」

ドキッと鼓動が大きく跳ねる。ドキマギする沙季を意に介さず、新は愛季とひまりに「それでは」と挨拶をして車に戻っていった。

「せんせー、ばいばーい」

ひまりが大きく手を振ると、新も振り向いて手を振る。車が走り出し見送ってから、また三人で手を繋ぎ横断歩道を歩きだした。

「ねえ、沙季」

「ん？」

往来の激しい交差点、下手をしたら愛季の声を聞き逃しそうになる。

「先生って、独身、だよね？」

「え？　うん」

なぜそんなことを聞くのだろう。しかし、聞きたい気持ちは、わかる。

手を繋いでいたひまりの手に力が入る。顔を下げるとかわいい笑顔と出会った。

「せんせい、やさしい人でよかった。ひまり、あんしん。よかったね、さきちゃん」

「……うん、ありがとう」

原因は、ひまりのこの態度だ。

ひまりの人見知りは、独身の男性に対して発動する。

保育園に顔を出すお友だちの父親が平気なのは、子持ちの父親、というものに安心感があるのだろうという話だ。

ならばなぜ、新に対して、あんなにも好意的だったのか……。

……新には、子どもはいない……。

それは自分で言っていた。自分のＤＮＡを持った子供が欲しいと言っていたのだ。それだから沙季がこうして……。

子どもが懐いたくらいで不安になる必要はない。けれど考えれば考えるほど気になってしまう。

沙季に子どもができる気配がなくて焦りを感じているのもあるが、もしや、新には子どもがいるのではと……。

普段では絶対に考えない想いに、とらわれてしまう……。

もしかして子どもができない体質なのでは。

そんな不安はあれど、新と沙季は毎日のように肌を重ね続けた。

「あ……あらた、さっ……ぁあっ！　ダメ、そこ……」

シーツにうつぶせ、腰だけを高く上げた沙季を、背後から覆いかぶさった新が激しく刺し貫く。

腰を打ちつける肌の音なのか、挿しこまれたときに押し出されて弾ける蜜の音なのか、わからないくらい粘り気のある淫音が響き渡る。

ベッドルームには交わり合う雄と雌の淫猥《いんわい》な香りがこもっていた。

「あぅっ、ンッ！　やっ、ダメェッ……！　壊れちゃ……」

「ダメじゃないだろう……？　沙季のオク、突けば突いただけ、気持ちイイ気持ちイイって、俺を締めつけてくる……」

「んっ、あっ、だって……ほんとに……んん、ぁあんっ！」

「気持ちイイ？　沙季？　教えて」

耳元で囁く声が艶っぽい。鼓膜が犯されて眩暈がする。こんな声で囁かれたら、なんでも口に出してしまいそう。

さらに新は沙季の胸に手を回し、抜き挿しの反動でシーツに擦りつけられる乳房を握り、揉み回す。快感の熱で溶けそうなくらい柔らかくなったふくらみは、新の手の中で握り潰され形がかわってしまいそう。

「イイ……気持ち……イイ、です、あっ、ぁあっ！　あらた、さん、の……気持ちイイ……！」

「イイ子だな、沙季……。じゃあ、そろそろあげようか？」

耳朶《じだ》を食《は》まれ耳介を舐め回されて、ゾクゾクとした電流が背筋を這う。背をそらしているつもりがさらに腰を突き出してしまい、膨らんだ熱い鏃《やじり》が子宮口に押しつけられた。

「ひゃぁぁん……！　やっ、もぅ……そこ、そこ、ほしいで、す……ァぁ、ハァ、あっ！」

「沙季、かわいいから……アゲルよ……」

「声……ダメェ……」

新の声が沙季の官能をいじめすぎる。囁かれただけで達してしまいそうな気配を感じ、沙季は甘えた泣き声をあげた。

「沙季の声のほうが……クる……」

「ああっ……あっ、もう、イクっ――――！」

喜悦の声なのか、気持ちよすぎて泣いているのか、自分でもよくわからなくなってくる。

両手でシーツを掴んで左右に顔をこすりつけ、沙季はこの絶頂感とともに彼の白濁とした熱を享受する。

「沙季っ……さきっ……」

「ああっ、あァぁ……」

欲望の証を吐き出してもなお張りつめる切っ先でぐにゅぐにゅと子宮口を嬲られ、甘電する身体を止められずに沙季は全身を前後に揺らす。

そうすると腰も動くので、新の怒張をさらに勢いづけてしまった。

「あっ……！」

乳房を掴まれたまま、力強く身体を起こされる。上半身を起こし膝立ちになった形で、再び放埓に腰を使われた。

「ひぁっ……あぁん、あらたさぁンッ……！」

「沙季は……そうやって、俺を煽ってばかりだ……！」

「煽ってなんか……あああ、ダメェ……また、また……！」

絶頂の余韻を感じる間もなく打ちこまれる火杭に、どこまでも快感を昂められ翻弄される。当然治まりきれなかった全身の愉悦は、再び沙季を甘電させた。

「やぁぁぁンッ……あらた、さっ……また、ああっ――‼」

「クッ……」

明らかに汗とは違うものでお尻の双丘が濡れている。ぴったりと密着した肌が離れようとすると名残惜しそうにくっついてくる。

「ぁぁ……ンッ、おなか……ァぁ……」

新の熱をもらって、お腹の中が熱い。蜜壺が溶けて隘路から流れてきそう。

続けざまに強い絶頂を迎えたせいで、身体に力が入らない。新の腕に支えられているおかげで身体を起こしていられた。

荒い息で身体が揺れる。彼に支えられていても前後するということは、新も息が荒くなっているということだ。

沙季の身体をしっかりとうしろから抱きしめ、新が頭に頬擦りをする。

「ん？　おなか？　俺のでいっぱい？」

「あ……新さんっ……」

「違う？」

「……そうです」

そのとおりではあるが、それがナニかを考えると正直になりづらい。そんな沙季のこめかみにキスをして新が真剣な声を出した。

「沙季……このまま入れていたらまた動きそうだから、抜いたほうがいい？」

「……あ……新さんが……シたいなら……」

苦しそうな声だったかもしれない。新がぷっと噴き出し、ゆっくりと怒張を引き抜く。

「あぁんっ」

いつも思うが挿入の刺激もさることながら、この引き抜くときの刺激がすごい。プルプルっと震える沙季の身体を支えたまま、新がシーツに横たわる。

「なにが『シたいなら』だ。こんな震えているくせに」

新の胸に頭をのせ、彼の腕に抱かれる。顎で頭をこつんと小突かれた。

「ごめんな。無理させて」

「そんなことないです。新さんに抱かれるのは……気持ちいいし……。何回でも抱かれたいって思います。……あの、もちろん……目的があるので……」

何回でも抱かれたいのは本音中の本音ではあれど、これではそれが目的のように聞こえてしまう。もちろん目的は子づくりなので、沙季は慌てて付け足した。

「そうか。俺は、本来の目的なんかどうでもいいから沙季が抱きたい、と思うときのほうが多いかな。……って言ったら、怒られるか」

「それは……別に怒りませんよ……」

それどころか、嬉しいと思ってしまう。

子づくりの条件なしに求めてもらえるなんて。これ以上に嬉しいことなんかないだろう。

沙季の身体を抱き寄せ直した新が、ゆっくりと髪を撫でる。

「沙季は、どうしてこんなに俺を想ってくれるんだろう。作品が好きだ、感動した、っていうのは知っている。けれど、それだけなのか？　他の理由があるんじゃないかって思うのは、迷惑か？」

「迷惑なんかじゃないです。他の理由は……あるので……」

「それは、なに？」

心が迷う。言ってしまってもいいだろうか。いやむしろ、新になら言ってしまってもいいのかもしれない。

「新さんは……わたしの、神様なんです」

「神様？　ときどき、熱狂的な人に崇め奉られることはあるけど」

「わたしも崇め奉ってますよ。だって、わたしの、命の恩人なんです。わたし、十年前にバスの事故に遭って、一人だけ生き残ったんですよ。両親はわたしを庇《かば》って死にました。それで、いろんな人にいろんなこと言われて。……つらくて、……死んじゃおうと思ったんです」

バス事故の話は、その事故を知っている人以外とは話さないようにしている。

一人だけ生き残ったことが心の傷になったのもあるが、聞いたほうも反応に困るだろうし、なによりむやみに話すことでもない。

抱き寄せる腕にぐっと力が入る。昔のこととはいえ、やはりいい話ではない。けれどこの先を新に聞いてほしくて、沙季は言葉を続けた。

「降りたことのない駅で降りて、死ぬ場所を探していたら……、新さんの展示会に出会ったんです。

衝撃でした。作品の美しさとその世界観に圧倒されて、木漏れ日がいっぱいの部屋でベンチに座って、ボロボロ泣きました……。そうしたら、死にたい気持ちなんかなくなった。だから新さんは、わたしの神様だし、命の恩人なんです」

だいぶ端折《はしょ》ったが、話は伝わるだろう。

本当なら、あのときの感動をもっと身振り手振りを加えて表現したいくらいなのだが、そこまでやってしまうと少々引かれる気がしないでもない。

「沙季が……、あの事故の……」

小さく呟いた言葉が気になる。新はあのバス事故を記憶しているのだろうか。

「そんな大変なことを、話してくれてありがとう」

「いいえ……新さんには、聞いてほしかったので」

「……沙季、……聞いておきたいことがある……」

真剣な声につられて新を見やると、それと同じくらい真剣な顔があった。

「そのバス事故の関係者が、自分にとって大切な人だったら……許せるか？」

「どういう意味ですか……？」

なぜそんなことを聞かれてしまったのかがわからなかった。考えてもみなかった質問だ。

新がさらに沙季を抱き寄せる。

「新さん？」

「……今夜は、もう休もう。沙季はシャワーを使ってくるか？」

「新さんと離れたくないです」

新の身体に片腕を回す。頭をポンポンとされ、「おやすみ」と囁く声が聞こえた。

「おやすみなさい」

彼に密着してその体温を感じる。

いつもなら幸せな時間になるはずなのに、……沙季はなにか、おかしな胸騒ぎを止めることができなかった。

第四章　尊み以上の愛情を

「沙季、今度のイタリア遠征、一緒に行こうか」

週明け、新の特製フレンチトーストにホクホクしていたところ、さらにホクホクしてしまう提案が出された。

「イタリア遠征って……来月の、ですか？」

「うん。そろそろ沙季も同行させたいなってずっと考えてはいたんだけど……」

ダイニングテーブルに座る沙季の横に立ち、フレンチトーストを頬張《ほおば》る頬をスルッと撫でる。指先の軌跡がくすぐったくて、沙季は肩を軽くすくめてプルプルっと震えた。

「子づくりするって決めてから、妊娠したら遠征どころじゃないから諦めていたんだけど。沙季は勉強家だから向こうのデザインや芸術に触れるのもいい刺激になると思う。これからのためにも、やっぱり連れて行きたい」

沙季はフォークを置き、両手を膝で重ねて新に身体を向ける。

「すみません……。まだ……できないから……。気を遣っていただいて……」

どんなに身体を重ねても妊娠する様子がない。

すぐにでも妊娠の兆候が出れば、新も連れて行こうなんて考えなかっただろう。

沙季が妊娠しづらい体質なのか、新になにかあるのか。そんなことを考えるくらいなら、二人で病院に行ってそれなりの検査を受けたほうがいいのか。

ただ、愛季が言っていたように新の病気が関係しているかもしれないと考えると、あまり原因究明はしたくない気持ちが大きい。

「違うよ。できないから連れて行こうと思ったんじゃない。向こうの独特なデザインや芸術に触れさせてあげたい気持ちは本当だし、なにより……沙季が、十年前の展覧会で、あの部屋で感動して癒されてくれたことが嬉しかった」

新は下がった沙季の視線を拾うように身体を落とし、片膝をついて彼女の両手を握った。

「あの部屋は、沙季が事故に遭った観光バス事故の遺族に、大切な人を想って心を落ち着ける場所になれたら……、そんな思いで造った場所だ。そこで沙季が感動してくれた、癒されてくれた。これほど嬉しいことはない」

「大切な人を……」

「あの事故を知って、俺なりに思うところがあって早急に企画した。間に合わなくてパンフレットにも載せられなかったし、展示会場の片隅になってしまったから見つけられた人しか入れない場所だった。それを沙季が見つけてくれたなんて……。とても、嬉しい」

何度も何度も周回した展覧会会場。

作品の説明文をすべて暗記してしまうほどに読みこんで、脳内で再現できるほど見ては、まぶたに焼き付けた。

あの部屋は【大切なもの】というタイトルが付けられていた。

それには、そういう理由があったのだ。

「映し出されていた教会は、俺がデザインしたイタリアの小さな教会だ。あの教会の内装デザインで賞を取った。思い出深いものだった。中庭のベンチに座ると、天気のいい日は本当に木漏れ日がいっぱいで光に包みこまれる。とても静かで、清らかな空間。それを再現した」

脳裏に、あの日見た木漏れ日が満ちる。

あたたかな光に包まれたときの感動。

あの場所で、沙季は救われた……。

「今回その教会に行く。沙季に本物を見せてあげたい」

「本物を……」

またあの光に包まれることができるのだ。それも新と一緒に。

実現したら、どんなに嬉しいだろう。

――実現、したら……。

「新さん……意地悪です……」

「なぜ?」

「そんな話をされたら、行きたくて行きたくて堪らなくなるじゃないですか……。でも、妊娠したら、海外になんて行くべきじゃないし……。妊娠しないように……気をつけちゃうかもしれない……。それじゃ駄目なのに」

イタリア行きは来月、十月末。それまで妊娠しないように気をつけてしまえば、戻ってきてから晴れて懐妊したとしても、新の余命には間に合わない。

彼に、生まれた子供を見てもらえない可能性が高い……。

考えたら涙が出てきた。

新の願いを叶えてあげたいのに。命の恩人に、恩返しがしたいのに。

どうして上手くいかないのだろう。

それ以前に、余命のことを考えると悲しくて胸が苦しい。

——新が、いなくなるなんて、いやだ……。

「大丈夫だ」

新が立ち上がり、沙季を抱きしめる。まだメイクはしていないが、彼のシャツを涙で濡らしてしまっては申し訳ない。離れなくてはと思って新の腕を掴んだのに、離さないでとばかりにシャツを握ってしまった。

「大丈夫……死なない」

彼の言葉に息が止まる。シャツを握る手の力が強くなった。

「沙季は、俺の子どもを産む。もちろん俺は抱っこもするし、沙季が望んでくれたように名前も付ける。子どもが小さなうちはこのペントハウスでも大丈夫かもしれないけど、大きくなってきたら考えないといけないな。いや、いっそ、産まれた記念に家を買って庭に記念樹でも植えるか」

「話が飛躍しすぎです。そんなの、可能なわけが……」

可能だったら、どんなにいいだろう。

そんな幸せな未来があったなら、どんなに素敵だろう。

「可能だよ」

新が沙季の頭を髪に沿って撫でていく。唇を耳元に寄せ、沙季が蕩けそうになる声を吹きこんだ。

「結婚しよう。沙季」

息どころか、心臓が止まってしまいそうなひとことだった。

＊＊＊＊＊

自分のデザイン会社を活動の拠点としている新にとって、デザイナーの仕事はもちろん、社長としての仕事もある。

数日アトリエにこもると、執務室の仕事が山積みになるのが悩ましいところだ。社長として専属の秘書などは雇っていないため、もっぱら彼の優秀なアシスタントたちが秘書代わりとなっている。

その中でも一番有能なのが、自分が一番新を崇拝していると、沙季が聞いたらライバル心をメラメラと燃やすだろう発言をする、柏木である。

新もアシスタントの中では柏木に一番の信頼を置いている。彼はとても快活で前向きだ。仕事に向ける向上心も素晴らしい。

それなので、彼に話すべき事実に、新もちょっとした覚悟が必要だったのである。

「柏木」

デスクで執務中、キャビネットケースの資料を確認している柏木に声をかける。

「はい、なんですか」

いつもどおりの明るい声。わずかに胸が痛むが……話さなくてはならないのだ。

「――十年前のバスの事故……。水澤さんが、唯一《ゆいいつ》生き残った女の子だった」

重い沈黙が落ちた。

とんでもなく驚いた顔をする柏木が想像できる。顔を上げようとしたとき「うわっ！」という威勢のいい慌て声が聞こえた。

「す、すみませんっ！」

見ると、柏木がキャビネットケースから雪崩《なだれ》落ちそうなファイルを、腕をいっぱいに広げて支えている。動揺して一気に引っ張ってしまったのだろう。

彼の珍しい姿に笑いそうになるのを堪え、新はデスクから離れて助け舟を出した。

「気持ちはわかる。俺もどうするべきかとは思ったが、柏木には話したほうがいいと思った」

柏木に支えられているファイルを素早く戻していく。すべて戻し終わったところで腕を離した柏木が、気まずそうな顔で視線をそらした。

「……すみません」

気まずいというか、珍しく落ち着きがない。らしくない様子を見せるのは、数年前に恋人と突然別れたとき以来だ。

下がった肩に手を置き、新が静かな声を出す。

「考えても仕方がない。水澤さんが〝当人〟だったというのは俺も驚いたが。……もう、十年も前のことだし、彼女は立ち直っている。ただ……」

柏木の肩にのった手に力が入る。まぶたをゆるめた双眸が厳しさを放った。

「水澤さんに、よけいなことは言うんじゃない。俺も言わない。このことは、柏木の胸にだけしまっておけ。彼女が気づく必要はない」

「……気づいたら……、水澤は、許せるんでしょうか……」

「大丈夫だ」

手を離してデスクへ戻り、新は広げていた書類をまとめてトントンっと机上でそろえる。

「柏木だって、わかっているだろう？　水澤さんは恨みがましく根に持つタイプじゃない。真実を知れば少しは思い悩むかもしれないが……、そのときは、俺がそばでサポートするし、……あの事故で傷ついた心を一生守っていくつもりだ」

「一生……？」

「結婚するつもりだ。彼女と。すでにペントハウスのほうで一緒に住んでいる」

柏木が大きく目を見開く。そんな彼の驚きを意に介さず、新は書類をキャリングケースに入れ再びデスクを離れた。

「マンションのほうへ行ってくる。ひとまず急ぎだけを持っていくから、残り、夕方でいいから持ってきてくれるか。夕方なら手が空いていると思う。それより前になるようなら、いつもの所に預けておいてくれ」

マンションのほう、というのは仕事用に持っているアトリエのこと。

アトリエでの仕事ついでに社長職をこなすのも珍しいことではない。そこへ届け物をするのはいつも柏木の役目だった。

「……マンションのほうにいる〝彼女〟のことは、……話したんですか？」

部屋から出かかっていた新の足が止まる。柏木の声がいつになく沈んでいるのはわかったが、新はあえて振り向かず答えた。

「まだだ。……時期を見て話す。繰り返すが、水澤さん……沙季に、よけいなことは言うな」

結婚するつもりだと話したばかり。ここで親しげに沙季の名前を出せば、新にとって特別な存在になっていると柏木も認識するだろう。

執務室を出て、駐車場側のエレベーターに乗りこむ。ここからは地下の駐車場へ一直線だ。

柏木は沙季と張り合えるくらい新を崇拝している。新のデザインに感動し、自分を変えてくれた人だと言って、新の手足となるべくこの世界で頑張ってきた。

素直で繊細な感性はプロダクトデザインで活《い》かされ、柏木自身が一人前のデザイナーである。

本当なら、新の手から離して独立させてやりたいとも思っている。

しかし、本人が了解しない。

本人を追及はしないが、おそらく自信がないのだ。

「……彼を支えるものが……戻ってくれたら……」

柏木に自信をつけさせ、独立を目指そうとする気力を与える方法はある。だが、ある、というだけで、それは実現不可能に近い方法だ。

移り変わるエレベーターの回数表示を眺め、新は小さなため息をつく。

「……沙季……、あの事故で傷ついたのは……君だけじゃないんだ……」

到着を知らせる小さな電子音が妙に大きく耳に響く。エレベーターのドアが開き、自分の車が停めてあるほうへ足を向ける。

運転席へ乗りこみ助手席にキャリングケースを置こうとして、そこに置きっぱなしにしていた白い封筒の存在を思いだした。

知人のジュエリーデザイナーに婚約指輪を頼むかもしれないと話をしたら、ほくほくしながら資料を持ってきたのだ。

自分の見立てで決めてもいいが、沙季はどういったデザインが好みかわからなかったので保留にしている。

プロポーズもしたことだし、できれば一緒に決めたいのだが……。

彼女からの返事を保留にしてしまっているので、どうしたものか。

プロポーズをされて明らかに動揺している沙季に、すぐさま返事をさせるのはかわいそうだ。彼女は結婚まで考えてはいなかったのだろう。

あくまで、善家新の子どもを産みたい。それだけの気持ちだったはずだ。

新も最初は「余命一年」という言葉に心を動かされ、子作りを了解してしまった。

しかしその気持ちは、彼女と一緒にすごすうちに変わっていったのである。

沙季は、新に癒されると言ってくれる。それと同じように、新も沙季の存在に癒しを感じ、心から彼女を求めるようになっていった。

そして生まれる、決定的な感情。

――沙季を、失いたくない。

だから調べた。

彼女が、なんの病気に侵されているのか。救う手だてはないのか。どんなことをしてでも、彼女の命を救ってみせると……。

そして、わかったのだ……。

(沙季は……余命一年と言えるほどの病気を持っていない)

思い返せば、わかることだ。

彼女は、あまりにも普通すぎる。

毎日普通に起きて、食事をして、仕事をこなし、ときにハードワークも乗り切って。料理をしたり掃除をしたり、夜は新の執拗な要求も拒まず何度も達して。

薬を飲んでいるわけでも、病院へ行くわけでもない。食べ物や飲み物を制限したりアレルギーがあるわけでもない。

会社の健康診断でも「異常なしです」と威張っていた。

沙季はなぜ、余命一年だなんて嘘をついてまで新の子どもを欲しがったのだろう。単純に考えれば子どもができてから結婚を迫るパターンだろうが、沙季は最初から結婚を望んではいなかった。純粋に子どもだけを欲しがった。

残念ながら二ヶ月経った今でもその兆候はないが、もし子どもができていたら、沙季はどうしていただろうか。

姿をくらませて、一人で人知れず産もうとしたのではないだろうか……。

わたしの神様です、とまで言いきった、新との子ども。それを生き甲斐に、これからを生きていこうとしたのでは……。

「それは駄目だっ。沙季っ」

自分の考えに憤り、ハンドルをドンッと叩く。叩きどころが悪かったらしくクラクションが大きく鳴り響いてしまい、血相を変えて飛んでくる警備員の姿が見えた。

窓を開けて間違って鳴らしてしまった旨を告げると、ホッとした様子で持ち場へ戻っていく。窓を閉め、新はため息をつきながら片手でひたいを押さえた。

めったなことでは感情を表には出さない自信がある。それなのに最近、沙季のこととなると感情が先走るのだ。

彼女を抱いているときなどは最たるもの。愛しさが湧き出して止まらなくなる。沙季の反応のすべてが新の感性に響き、彼女を余すところなく感じたくなる。

こんなにも満たされるのは初めてだ。

そのせいか、沙季を抱くようになってから仕事も調子がいい。

以前まではアトリエがあるマンションのほうにこもることが多かったのに、今は会社のアトリエで事足りている。おかげで毎日ペントハウスへ帰れるし、沙季と過ごすことができている。

面接会場で、善家新の素晴らしさについての大演説を繰り広げた沙季。

慕われ懐かれているのはわかっていた。周囲が「本当に水澤は先生が大好きだな」と揶揄するのを、いつの間にか自然のことと受け止め、彼女が「そうですよ、当たり前です」と答えることを当然だと思うようになっていた。

自然でも当然でもない。

これはすごいことだ。これだけ一人の女性に気持ちをもらっているなんて、素晴らしいことではないのか。

そばに置くようになって、やっと、気持ちをもらうことの尊さに気づいた気がする。

沙季を……離したくない。

「そばに……いてくれ。沙季……」

そのためにクリアしなくてはならないことがある。十年前の事故が絡んだ難しい問題だが、どうしてもこれだけは……。

脳裏に沙季の姿が映りこむ。

自分に向けられる笑顔に愛しさを募らせながら、新はエンジンをかけた。

――すべてが明らかになっても、沙季はそばにいてくれるだろうか……。

少しだけ、そんな不安で胸が苦しい。

＊＊＊＊＊

予想外すぎるどころか、夢か幻ではないかと思うことが起きてしまった。

新からプロポーズをされるなんて、どんなに彼に抱かれていようと、沙季に考えることなどできるわけがない。

聞き間違いか、果たして冗談か、新に特別な想いを感じるあまりとうとう幻聴が聞こえだしたのか。そんな思いがぐるぐるしてうろたえる沙季に、新は返事を急がなかった。

また改めて同じことを言うから、考えておいてと……。あくまでおだやかに、沙季の気持ちを乱さぬよう気遣ってくれたのだ。

そのあとはいつもどおり準備をして、出社をした。今日はいいところまで仕上げたいものがあるから遅くなるとのこと。夕食は気にしないで先に食べていてと言われた。

いつもどおり仕事に入って精力的に動くものの、沙季は今朝の出来事が頭から離れない。

（新さんが……プロポーズしてくれるなんて……）

信じられない。けれど本心は喜んでいる。

本当に喜んでいいのだろうか、聞かなかったことにしたほうがいいのでは。

だいたい、こんな自分が善家新と結婚するなんて、現実にあるはずがない。

素直に喜びたい気持ちと信じないよう自分を思《おも》い留《とど》まらせようとする気持ちがせめぎ合い、沙季の心は迷いに迷う。

「どうしたー？　ボーっとしてるなっ。先生が帰ってくる前にサンプルセットしといてくれよ」

考え事をしながら歩いていたせいで、ぼんやりしていると思われたようだ。すれ違ったアシスタントの一人に頭をポンッと叩かれた。

「先生、出かけてるんですか？」

叩かれた頭に手をやりながら目で追うと、彼はくるっと振り返り、うしろ向きで進みながら「マンションのほうに行ってる」と教えてくれた。……直後柱にぶつかったので、忙しいのに呼び止めてごめんなさいと心の中で謝る。

アトリエがあるマンションは、沙季とペントハウスで生活するようになる前までメインで帰っていたと聞いている。そのまま仕事もできるので都合がよかったのだろう。

今は就業時間中にときどき足を向ける程度になっているようだ。

それで大丈夫ならいいのだが、彼は沙季との子作りのために、無理をしてペントハウスに帰ってきているのではないかと考えることもある。

仕事の妨げになっていなければいいのだが。それが少々気がかりだった。

「失礼しまーす」

いないのはわかっていても一応声を開けてからドアを開ける。会社の五階、新のアトリエに内装資材の新しいサンプルをそろえておかなくてはならないのだ。

誰もいないと思ったのに、なんと室内には柏木がいた。

たとえ知っている顔でも、無人と思いこんでいる場所で姿を見れば驚く。反射的に「ひっ」と息を呑むと、柏木に笑われた。

「なんだよ、ホラー映画でいきなり化けモンが出てきたときの反応だぞ、それ」

「す、すみませんっ。誰もいないと思ったので……」

苦笑いをしながらセンターテーブルへ進み、腕にかかえていたサンプルボックスを置く。次は一階の搬入口まで下りて海外から届いたばかりのサンプルを取ってこなくては。

多分重たいが……ファイトだ。

自分を励まし、両手で小さなガッツポーズを決めて行こうとすると、ジッと沙季を見ている柏木と目が合った。

「水澤は本当に……」

そのフレーズの先にどんな言葉がつくのかは聞かないうちからわかる。沙季の口は「当然です」というために開きかかった。

「馬鹿だな」

「当然で……ええっ？」

想定外の言葉がきた。なぜ馬鹿と言われてしまったのか。もしや運ぶボックスを間違えていたのだろうか。

「もしかして間違ってました？　こっちのボックスじゃなかったとか……」

「そうじゃない。……新さんのために一生懸命になりすぎていて馬鹿だって言ってるんだ」

「え……」

なぜこんな言葉をかけられているのだろう。柏木だって、いつもは沙季の「当然です」を笑って受け止めてくれている。

なにより彼だって同じくらい新を崇拝している人だ。

新のために一生懸命になることを「馬鹿だ」というのは、納得しかねる。

活気のある明るい笑顔が、今の柏木にはない。表情を落とし沙季を見据えている。新となにかあったのだろうか。

喧嘩《けんか》をしたのか。

それも有りえない。

新はその人間にとって不利益になる注意の仕方はしない。当人の立場に立って最適な注意を促す人。新に受けた注意はすべてが金言だ。

沙季はもちろん柏木も、それをよくわかっている。自分の意に沿わないことを言われたからといってへそを曲げるはずがない。

「水澤は……新さんと結婚するのか？」

小さく息を呑む。新が話したのだろう。柏木は沙季の直属の上司だし、アシスタントの中で一番新に理解がある。

話してもおかしくはないが、沙季はまだ返事をしていない。

はいと返事をするわけにもいかず言葉を迷っていると、柏木がハアッと大きなため息をついた。

「ガッカリだ……。おまえも、打算的にいやらしい考えで新さんに近づいてくる女どもと、考えることは一緒だったんだな」

「え？　……わたしは……！」

なにか誤解をされている。沙季が邪な考えを持って新に言い寄ったと思われているのだ。

今までどれだけ新を慕う態度を見せようと、そんな誤解は受けたことがないのに。実際、そんな想いは持ったことがない。新は常に沙季にとって神様であり恩人なのだ。

今は、少し変わってしまっている自覚がある。新に今までとは違う深い愛情をいだいている自分を感じている。

それでも、いやらしい考えで新に近づいたなんて思われるのはいやだ。

「おかしな考えなんて持ったことはありません。先生と……事情があって、特別親しくなったのはありますけど……」

「水澤が新さんを手玉に取れるとは思ってないけど、それでも、やめておけ。新さんは、水澤が深入りしていい人じゃない」

「存在が大きすぎる人だっていうのはわかっています。わたしなんかとは不釣り合いなのも。でも、わたしは……先生のことが……」

……なにを言おうとしているのだろう。

邪な考えではないということをわかってもらいたいだけなのに。新に深入りすべきじゃないと指摘されたとたん、感情が逆立った。

新に対して抱いているこの想いを。

温かくてくすぐったくて、新のことを考えると胸が締め付けられるほど切なくなる、尊さ以上に育ってしまったこの気持ちを、否定された気がしたのだ。

「そんなことになれば、新さんが罪悪感に苛《さいな》まれるだけじゃなく、水澤も絶望することになる。その前に引き返せ」

「絶望……？」

「新さんは、一番大事なことを話していない。……本当なら水澤は、新さんに関わるべき人間じゃなかった」

「どういうことですか……？」

仕事以外でこんなに必死になる柏木は見たことがない。怒っているというより、うろたえている、怖がっているようにも見える。

いつも堂々とした彼が、こんな態度に出てしまうなんて。

沙季も怖いが、理由が知りたい……。

耐えられないとでも言うように沙季から視線をそらし、柏木は手元のブリーフケースを小脇にかかえる。沙季の前に立ち、表情を固めた。

「新さんのマンションのほうへ届け物をしに行く。ついてこい。……会わせたい人がいる」

「会わせたい人……ですか？」

新に届けものなら、そこには新しかいないのではないのだろうか。

（他に……誰か……）

「わかりました。あの……サンプル準備だけ終わらせたいので少し待っていただけますか」

柏木がふっと笑う。一瞬いつもの彼に戻った気がして、にわかに沙季の緊張もとけた。

「そうだよな。そろってないと、新さんが戻ったときに困るしな。搬入口から持ってくるものもあるだろ。それは俺が持ってきてやるから、あとはグラフィック室から資料だけもらってこい」

「は、はい、ありがとうございます！」

一番の難関を代わってもらえたのは正直助かる。沙季は仕事モードで返事をし、アトリエを飛び出した。

これから訪れるだろう事柄に、胸騒ぎを覚えながら……。

新がアトリエとして持っているマンションには行ったことがない。

届け物をしたり打ち合わせに出向いたり、それらはアシスタントたちの仕事なので、補佐でも沙季には無縁だ。他の社員たちも同じく、である。

都心のタワーマンションだということだけは知っている。そこへ連れて行ってもらえるのは嬉しいのだが、同時に不安が胸の鼓動を速めていた。

マンションへ向かう車内で、柏木はハンドルを握り言葉を発しない。

いつもは仕事の話や他愛ない話を延々として同乗者を飽きさせない人だけに、沈黙しているせいでよけいに不安が加速する。

――――新さんは、一番大事なことを話していない。……本当なら水澤は、新さんに関わるべき人間じゃなかった。

一番大事なこととは、余命のことだろうか。

柏木は新に一番近いアシスタントだから、新の命があと一年ももたないことを知っているのかもしれない。

未来を約束できない人と結婚する可能性ができてしまったから、関わるべきではないと言ったのだろうか。

会わせたい人とは、誰だろう……。

考えこんでいるうちにマンションに到着した。最寄駅に近く、街路樹の緑に包まれた抜群の都心立地。四十階建ての三十九階に、新のアトリエがある。

エントランス手前でコンシェルジュが迎えてくれる。柏木と親しげに会話をしていたので、新のアシスタントとして見知った顔なのだろう。

三十九階フロアには二邸宅があり、ひとつは新がアトリエとして使っており、もうひとつは生活用に使っているらしい。

その生活用の部屋で二人を迎えてくれたのは、新ではなく……一人の女性だった。

「こんにちは、柏木君。新君から、来るかもしれないからよろしくって言われていますよ」

笑顔が柔らかい、優しげな女性だ。年の頃は三十代初めというところ。大きく巻いた長い髪を胸元に垂らしている。

白いカットソー、細いストライプの地模様が入ったネイビーのフレアースカート。とてもシンプルなスタイルなのに、とても上品で綺麗だ。

雰囲気が新に似ていると、とっさに感じた。

その直感が、とんでもなく危険なものに思える。

彼女は誰なのだろう。こちらが生活用の部屋ならハウスクリーニングの人とも考えられるが、どう見てもそんな雰囲気ではない。

「唯子《ゆいこ》さん、こんにちは。新さんが夕方なら手が空くって言っていたんですが、先に届けておこうと思って」

笑顔で話しながら、柏木が沙季に顔を向ける。唯子と呼んだ女性を手で示し、届け物が入ったブリーフケースを渡しなさいという合図を送ってきた。

沙季は両手でかかえていたブリーフケースを女性に向けて差し出す。

「こちら、先生へのお届け物です」

「ありがとう、渡しておきますね。アシスタント以外の人がくるのは初めて。それも、かわいいお嬢さん。新君の会社の社員さんですよね？」

唯子は沙季に尋ねたのだが、答えたのは柏木だった。

「オレの補佐です。水澤沙季。新さんに聞いているかもしれませんが……十年前の観光バス事故の、唯一の生存者だった子です」

「え……？」

唯子が大きく目を見開く。とても驚いた様子だが、同じくらい驚いたのは沙季だ。

柏木が事故のことを知っているのは新のアシスタントだから、という理由で解決できるが、沙季が唯一の生存者であることを、なぜ知っているのだろう。

考えられるのは、新が話したのだろうということ。結婚をするつもりだという話と一緒に、それも教えたのだろうか。

しかし、柏木が唯子にそれを教える必要はないのでは。

「あなたが……」

唯子はジッと沙季を見据えている。なにか言いたくても言葉にならない、とても複雑な表情をしている。

同じように、沙季もなにを言ったらいいのかわからない。口火を切ったのは、柏木だった。

「水澤、唯子さんは、十年前の事故の……遺族だ」

息が止まる。「ひっ」と鳴りそうだった喉を、みぞおちに力を入れて必死に止めた。臓腑《ぞうふ》に冷水を浴びせかけられたかのよう、全身が内側から冷えていく。背中を伝う冷たい汗が気持ち悪い。

（遺族……この人が……）

凄惨な事故から生き残った、ただ一人である、沙季。

当時、沙季にふりかかった仕打ちの数々がフラッシュバックしそうになる――。

そのとき……。

「ママぁ……、パパはぁ……？」

かわいらしい声が聞こえ、唯子の視線が沙季から逸《そ》れた。動かせない視界の中に、ひまりと同じくらいか、それよりも小さな男の子が目に入る。

目をこすってヨタヨタと歩いてくる。唯子が近寄り、かがんで男の子を抱き寄せた。

「起きたの？　パパはアトリエ。お仕事してるよ」

「……かえってくる？」

「今日は夕方までだって。起きてるうちに会えるかな？」

「パパとお絵かきする」

「そうだね。あとでパパに伝えておくね」

体温はどこに行ったのだろう。視界に入ってくる光景が衝撃的すぎて、そんなくだらないことしか考えられない。

膝が震えてくる。駄目だ。このまま立っていたら崩れてしまいそう。

「失礼します。先生に、よろしくお伝えください」

そう言ったつもりだった。本当に言えていたかも、声が出ていたかもわからないけれど、沙季は頭を下げて踵《きびす》を返す。

「それじゃあ唯子さん、失礼します。先生によろしく」

沙季とほぼ同じ言葉をシッカリと出し、柏木があとに続いた。

足を前に出すことに必死になっている沙季の耳に「今度、ゆっくりお話ししましょうね」という唯子の声が聞こえる。

（お話……お話？　お話って……なに？　なにを話すの？　どうしてわたしだけが生きてるんだっていう話？　それとも……）

必死に速足で歩いていたつもりなのに、先にエレベーターホールに到着したのは柏木だった。彼がボタンを押してエレベーターのドアが開き、先に乗って中で待ってくれている。

（……それとも……新さんとのことを問《と》い質《ただ》されるの……？）

本当に足は動いているのだろうか。左右交互に出しているつもりなのに、動揺のあまりちゃんと歩けていないのではないか。

やっと乗りこみ手近な手すりにつかまった瞬間、脱力して膝から崩れた。

「大丈夫か？」

両手で手すりに掴まって、かろうじて膝立ちのまま口で呼吸をする。冷や汗がだらだらと流れてきていて、顔も頭も水を浴びたかのように濡れていた。

「ひとまず、車まで頑張れ」

柏木がハンカチを貸してくれた。いつもなら自分のを使うからと遠慮をするのだが、今はそんな心の余裕が持てない。

ハンカチを受け取り口元を押さえて首を縦に振る。エレベーターを降りてからは、柏木に腕を引かれ、もつれる足をなんとか動かして駐車場にたどり着いた。

助手席に座り深呼吸を繰り返す。なんとか冷や汗は治まったようだった。柏木が冷たいお茶を自動販売機で買ってきてくれたおかげで、だいぶ落ち着くことができた。

「ごめんな。驚いただろう」

頃合いをみて柏木がエンジンをかける。シートベルトを引きながら顔を向けるが、柏木は前だけを見ていた。

「でも、会ってもらいたかった。会わないと、水澤はなにも知らないままだし、考えることもできないだろうと思って」

ゆっくりと車が走り出す。それと同じくらい静かな声で、柏木は話を続けた。

「見てわかったと思うけど、唯子さんはあそこに住んでいる。子どもと一緒に。……どういうことかわかるな」

声を出さないままこくりとうなずく。突きつけられた現実を漠然と捉えていた脳が、急速に理解をうながし動き出した。

ペントハウスで沙季と暮らしていたように、新はあのマンションで唯子と暮らしていた。それも、子どもまでいる。

ひまりが新を警戒しなかったことを思いだす。警戒しなくて当然だ。新はひまりが苦手な独身男性ではない。

独身ではあるが……子どもがいる。

子持ちの父親の雰囲気を、ひまりが感じとっても不思議ではない。

(子ども……いるのに……。もう、新さんのＤＮＡはちゃんと生み出されてるのに……)

彼はなぜ、子どもくらいは欲しかったなんて話をしていたのだろう。

電話の相手が、マンションで唯子と暮らしていることや子どもがいることを知らない知人だったのだろうか。それなら、子どもくらいはこの世に残したかったとごまかしてもおかしくはない。

それを聞いた沙季が、すっかりその気になってしまうとは予想もしなかっただろう……。

唯子があの事故の遺族なら、新が事故のことを知っていてもおかしくはないし、遺族の癒しになればと【大切なもの】という空間を作ったのも納得ができる。

「……二人は……」

「ん？」

少し掠《かす》れたが、やっと声が出た。小さな声だったにもかかわらず、柏木は反応してくれる。反応されたからには聞かなくてはならないだろう。

本音で言えば、聞きたくはないけれど……。

「どうして……結婚しないんでしょう……。子ども……三歳か四歳くらいですよね……」

「できない。唯子さんが了解しないから。二人は、加害者と被害者の遺族同士だ」

「加害者と被害者って……」

まさかの可能性が頭に浮かぶ。何気なく聞いた新の家族構成が頭をよぎったのだ。

母親はパートで、父親はバスの運転手。

（バスの……）

「十年前の事故を起こしたバスを運転していたのは、新さんの父親だ」

当たってほしくない予想が当たる。

それでも動揺しないのは、自分で気づきかけていたからだろうか。

新が言った、大切に思っている人が事故の関係者だったらどうするか、という質問の意味は、これだったのだ。

結婚しようといってくれたのは、父親が起こした事故の罪悪感からかもしれない。唯子が結婚を了解しないなら、同じように事故で苦しみ、新の子どもを産もうとしている沙季と……。そう考えてくれたのかもしれない。

「わたしが……新さんに関わるべき人間じゃない、って言っていたのは……こういうことだったんですね……」

なんて皮肉なのだろう。あの事故のせいで、沙季は一度命を捨てようと決心をした。その命を救ってくれたのは、事故の関係者である新だったなんて。

「水澤は、新さんから離れたほうがいい」

車が信号で停まり、やっと柏木と目が合う。真剣な話なのに、なぜか柏木の目が嗤《わら》っているような気がする。

——きっと、沙季自身が嗤って聞き流してしまいたい話だから、そう見えるのだろう。

「早急に。会社からも、新さんからも、……今いる場所からも、離れたほうがいい……」

救いのない状況に、沙季はただうなずくことしかできなかった……。

新が終業時間まで帰社しないのを確認して、沙季は彼のスマホにメッセージを入れた。

〈考えたいことがあるから、しばらくアパートへ戻ります。ペントハウスから荷物を持ち出すけど心配しないでください。〉

今日知った他の事柄には触れず、内容はそれに留めた。

新はきっと、今朝のプロポーズのことをひとりで考えたいのだと解釈してくれる。

それでも、もし唯子に沙季が来たことを聞いたなら、気まずいから顔を合わせられないのだと考えるだろうか……。

どちらにしろ、もう新には会わないほうがいいのかもしれない。

「……荷物、まとめなきゃ……」

急いでペントハウスへ帰宅したものの、沙季はリビングのソファに座りこみ、ぼんやりと考え事ばかりしていた。

柏木が言うとおり早急に新から離れるつもりなら、彼が帰ってこないうちに荷作りなりなんなりをしてここから出たほうがいいのだろう。

会社を辞めるなら辞表は送付という手がある。半端にしている仕事もあるが、それは柏木が「なんとかするから大丈夫だ」と言ってくれた。

柏木はこのまま新と沙季が結びついて、新が沙季に対する罪悪感をかかえて生きていくのを見るのが、つらいようだ。

また沙季も、いつまでも事故の影を背負って生きていくことになる。二人とも潰れてしまうと、とても案じてくれた。

すぐに荷物をまとめてペントハウスを出るなら、迎えに行くから身を隠す場所を決めておけとまで言ってくれた。

アパートへ戻れば、すぐに連れ戻される可能性がある。他の場所を考えなくてはならない。

新に黙って彼の指示ではないことをすれば、柏木にとっては裏切り行為に等しい。崇拝する新に対して、決してしてはいけない行為なのに。

新と沙季の行く末を危ぶんで、行動しようとしてくれている。

「いい人だなぁ……」

呟いてから、我ながらおかしくなった。

本当に〝いい人〟だなんて思っているのだろうか。新とのかかわりを切られようとしているのに。今の関係を終わらせろと言われているのに。

「新さん……」

最初は、使命感だった。

彼の望みを叶えてあげよう。命の恩人に、沙季にとっての神様に、恩返しをするんだ。

善家新の子どもを産もう。

使命感に縛られた心は、次第に甘くほどけていく。

新と暮らし、言葉を交わし、笑いあって、生活を共有して、気持ちを分け合って、……毎夜、肌を重ねお互いを感じ合って。

彼の望みだったから子どもが欲しいのではなく、心から、彼と身体を重ねた気持ちの証が欲しいと思うようになっていた。

それだから、自分はもしかして子供ができない体質なのではと考えたとき、とてもとても苦しかったのだ。

尊敬でも、敬愛でも、崇拝でもない。

沙季は、新に対して尊ぶ以上の強い愛情をいだくようになっている。

それを自分で認めないようにしていた。認めれば、心に決めた使命を忘れて彼に愛されたいと思うようになってしまうような気がしたから。

「もう……遅いよ……。思っちゃってる……」

自分の気持ちが新から離れない。このまま関わり続ければ、つらくなっていくだけだとわかっているのに。

沙季から両親を奪い、十三歳の少女に自らの命を絶つ決心をさせるほどの思いをさせた、事故の関係者。

本来なら、恨むべき相手なのかもしれない。

「……そんなわけ……ない……」

新が関係者だと知っても、彼に対する想いは揺るがない。

新は変わらず、沙季の命の恩人であり、神様であり……、愛しい人だ。

バスの事故でズタズタにされた沙季の心は、新が心を込めて作ってくれた【大切なもの】の空間で存分に癒されている。

恨むなんてありえない。真実を知ったって、心の中は新でいっぱいなのに。

——新の、そばにいたい……。

マンションで新と一緒にいる唯子も、同じ気持ちなのだろうか。彼女も、新の余命を知っているのだろうか。

残された時間が少ないとわかっていても、結婚を拒んで……。

沙季の考えは中断される。

一緒に暮らして、子どもまでいるのに。命の時間が少ないことを知っても結婚を拒むだろうか。むしろ、新の最期の望みならばと思うのではないか。

沙季だって、新の最期の望みだからこそ彼の子どもを産もうと決心したのだ。

マンションへ行って、唯子の存在を知って、柏木に説明をされて、いろいろな疑問は解けた。しかしひとつ、新の言葉でわからないことがある。

プロポーズをしてくれたとき、彼は「大丈夫……死なない」と言った。おまけにイタリア行きの提案までしてくれて。

──彼は本当に、余命一年だったのだろうか……。

今まで、ハッキリ知るのが怖くて詳細は保留にしていた問題。愛季に相談したときも考えたが、しっかりと話を聞くべきときなのではないか。

その他のことに関してだってそうだ。バス事故に関することだって、唯子に関することだって、その場の流れと柏木からの説明だけですべてを信じた。

すべてが真実か。間違いや誤解が混じってはいないか。

なにより、こんな大切なこと、聞くのが怖くても新の口からしっかりと聞くべきことではないのか。

静かな室内にスマホの着信音が鳴り響き、大きく身体が震える。急いで確認すると柏木からだった。

『荷物あるだろう？　運んでやるから開けてくれるか』

迎えに来てくれたのだ。なんて素早いんだろう。しかし、新からしっかりと話を聞こうと思いたったばかり。今ペントハウスを出るわけにはいかない。

柏木にちゃんと説明しよう。沙季は出入口のロックを外し、彼が上がってくるのを待った。

もちろん不思議には思われるだろうが、出て行くと決心する前に新と話すべきだと考えた沙季の気持ちを、柏木はわかってくれるはずだ。

「荷物は？」

　玄関に入ってきた柏木は、周囲をキョロキョロ見回して不思議そうな声を出す。沙季がちゃんと荷作りをして、まとめた荷物を廊下にでも出していると思っていたのかもしれない。

「柏木さん、わたし……」

「まだだったか？　もう少し待ってるから……」

「やっぱり、出て行くのは、新さんとちゃんと話をしてからにしたいんです」

　柏木は驚いたように言葉を止める。

　きちんと考えを説明すればわかってくれるはずだ。沙季は彼を信じて、新の口から事実を聞きたい、確認したい気持ちを話した。

「あれだけ説明しただろう。自分の置かれた状況を理解したんじゃないのか？　水澤は誠実な考えで動いていると思っているんだろうが、はたから見ればただ未練ったらしいだけだ」

　……わかってくれる……はず、と思っていた。が、反対に、沙季のほうがわかってないと受け止められてしまったようだ……。

　柏木は厳しい表情で説得してくる。しかし沙季だって、このままでは引き下がれない。

「理解はしたつもりです。そのうえで、やっぱり新さんと話しがしたいんです。まだわからないこともあるし、それに、新さんみたいに真面目で人の気持ちを考えてあげられる人が、同棲《どうせい》している女性とのあいだに子どもまでいるのに、なのに、わたしともここで、なんて……そんなはずないって、思うんです……」

「そんなはずはないって言ったって、これが現実だ。おまえだって見ただろう。マンションで、唯子さんと子どもを」

「見ました。けど……」

「おまえは同情されたんだ。事故の生き残りだから。これでもし結婚したって虚《むな》しいだけだろう？　新さんを罪悪感で縛りつけるのか？　事故のことを考えるたび、そのうち新さんを憎むようになるんじゃないのか？　そうなる前に離れろ！」

だんだんと柏木の声が大きくなる。崇拝する新のことを、ひいては部下である沙季を想って言ってくれているのかもしれないが、彼にはない興奮ぶりにおかしなものを感じる。

「縛るつもりもないし、新さんを憎むなんてありえないです。だって……たとえ、新さんがあの事故の関係者でも……、父親が事故を起こしたとしても、新さんは関係ない。新さんを憎む理由なんて……わたしにはない」

そうだ。新は当事者ではない。

それを、なぜ憎まなくてはならないのか。

こんなにも愛しく想う人を……。

「関係……ない？」

柏木が目を大きく見開く。沙季の言葉が信じられないとでも言いたげに、首を左右に振った。

「そんなわけあるか……。関係ないなんて、思えるわけがない」

「本気で思っています。新さんには関係ない。むしろわたしは、新さんが痛ましい事故を思って作ってくれた空間で生きる希望をもらった。感謝こそすれ、恨むなんて」

「おまえは被害者だろう。遺族で、ただ一人の生き残りで……。風評被害でひどい目に遭ったんじゃないのか」

「はい……。でも、それだって、新さんを恨む理由にはならない」

「そんなわけがあるか……。関係ないなんて……そんなこと思えるはずがない。……みんなが責めた、みんなに責められた。父親に向けられるべき憎悪は、全部家族に襲いかかった！」

「柏木さん……？」

様子がおかしい。目を見開き、眉を下げ、怒っているような悲しんでいるような、なんともいえない表情で彼はまくしたてる。

「関係のない人間まで、誇張されるマスコミの情報に躍らされて便乗する。家族というだけで憎まれて恨まれて馬鹿にされて蔑まれて石を投げられて……誰もが犯罪者を見る目を向けた！」

柏木の勢いに押され、沙季はすり足で後退する。

彼はなにを言っているのだろう。誰のことを言っているのだろう。バス事故の話だとすれば、柏木が錯乱するのはおかしい。

もし……おかしくないとすれば……。

「恨まない？　恨まないだと……嘘をつくな！　おまえだって憎むはずだ！　恨むはずだ！　それが

家族であろうと石を投げるはずだ！」

なにかの感情が、柏木を突き動かしているような気がした。彼の口調はあまりにもつらそうで、悲しそうで……。聞いているだけで胸が痛くなる。

「柏木さん……なにを言って……」

「だから離れろ……新さんから……ここから……、あいつの目の届かないところへ……！」

「……あいつ？」

あいつ、は、新のことではないように感じる。それなら、いったい……。

興奮状態のまま、柏木が廊下に上がってくる。近づくぶん、沙季は後退した。

「おまえが……あいつのそばにいたから……！」

「柏木さん……なにを……！」

「さきちゃんをいじめちゃダメぇ‼」

ドアが大きく開く音とともに聞き慣れた声が耳に飛びこんでくる。しかし、ここでこの声が聞こえるはずはない。

脳は否定するが、目の前に現れた小さな身体に沙季の目は釘付《くぎづ》けになった。

――ひまりだ。

沙季の前に立ち、両手を広げて庇ってくれている。

「さきちゃんはなんもわるくないって、おにいちゃんもおかあさんも言ってる！　ひまり、さきちゃんいじめる人、キライ!!」

「ひま……り……」

沙季はハッと顔を上げる。今、震える声でひまりの名を口にしたのは柏木だ。

彼は目を大きくして、沙季の前に立ちはだかるひまりを凝視している。ピクピクと動く眉が、ときおり彼に泣きそうな表情を作らせていた。

視界には、ひまりと一緒に入ってきたのであろう新と愛季の姿が映っている。なぜこの組み合わせで現れたのかはわからないまでも、先程の柏木の言葉とひまりを見てからの反応で、まさかの予想が頭をめぐった。

「キライって言われた感想は？」

愛季が静かな声を出す。彼女の視線は柏木を見ていた。

「娘に……キライって言われた感想はどう？　私の大事な友だちに八つ当たりしないで。やっと、幸せになれるかもしれない子なんだから」

まさかの予想は当たっているのかもしれない。

沙季はひまりと柏木と愛季を、何度も目で辿《たど》った。

「大事な友だち……。そのおかげで、オレはひまりの父親になれなかったんだよな……」

「それは違うよ、柏木」

口を挟んだのは新だった。彼は柏木に近づき、肩に手を置く。

「君が彼女と結婚できなかったのも、ひまりちゃんの父親になれなかったのも、沙季のせいなんかじゃない。すべて君のためだった」

「オレの……？」

話の矛先が沙季から逸れたのを悟ったのだろうか。ひまりが大きくしゃくりあげ、声を出して泣き出した。

「ひ、ひまりっ」

沙季は慌ててしゃがみ、ひまりの身体を返して正面から抱き締める。とっさの行動かもしれないが、こんな小さな子が大の大人の前に立ちはだかったのだ。

今になって恐怖感がやってきたのだろう。

「怖かったね、怖かったね、ひまり。もう大丈夫だよ」

「さきちゃぁん、さきちゃぁん、だいろぉぶ、だいろぉぶ？　こわかった？　いたいことされてない？だいろぉぶ？」

なんてことだろう。ひまりは沙季に抱きつき、泣きながら沙季を気遣う。

自分だって怖かったろう。今になって大泣きしてしまうほど怖かったはずなのに、自分では「怖かった」とは言わず、沙季の心配をしている。

こんなの、沙季だって感動せずにはいられない。急激に襲った嗚咽《おえつ》で鼻をすすり、沙季はひまりをぎゅぅっと抱き締めて頭に頬擦りをする。

「大丈夫だよぉ。だって、ひまりが庇ってくれたもん。ありがとうね、ひまりっ」

するとひまりは顔を上げ、涙でいっぱいになった目でにこっと笑う。

「だって、おともだちだもんっ。おともだちがいじめられてたら、まもってあげるの！」

こんな愛しい友だち宣言があるだろうか。沙季もひまりに負けないくらいの笑顔で応じた。

「ひまりと沙季ちゃんは、ズットモだもんねっ」

「うん！　ズットモだよ！」

ズットモ同士、笑顔でうなずき合う。その横に新がかがんだ。

「ということは、俺が沙季をいじめたら、ひまりちゃんに叱られるんだ？」

「うん、おこるよ。そんなことしたら、さきちゃんとせんせいがつくってる〝すごいもの〟ができても、あそんであげないから」

「それは困るな。ぜひとも、ひまりちゃんにお友だち第一号になってほしいのに」

「さきちゃん、だいじだいじにしてくれるなら、なるよ」

新はにこりと微笑み、ひまりの頭を撫でた。

「世界一大事にするよ。ひまりちゃんに約束する」

「じゃあ、いいよ。〝おともだちだいいちごう〟になる！」

「ありがとう」

新はもう一度ひまりの頭を撫で、微笑んだまま沙季に顔を向けた。

「ズットモの許可をもらった。頑張って〝お友だち第一号〟を作らないと。なっ、沙季」

「あ、あのっ……」

聞いているだけならかわいいやり取りなのに、そこにあるのが子づくりだとわかっているだけに照れくささは隠せない。

温かくなる頬に新の指が触れる。彼はちょっと困った顔をして沙季を見つめた。

「マンションまで一緒に来たんだって？　唯子さんに聞いた。絶対なにかを誤解していると思うけれど、彼女は俺の従妹《いとこ》であって、それ以上じゃない。彼女は俺の友人である演出家と結婚している。子どもはもちろん二人の子だ」

「従妹……、でも、あそこは新さんのマンションで……」

「マンションのほうで詰めていてもアトリエしか使わない。そこで寝泊まりしていたから、生活用にと考えていたほうの部屋は友人夫婦に貸している。あの子が生まれるころからだから、もう三年になるかな。個人的に作りたいものがあって、今日はその相談を友人としていた」

パパはアトリエにいる。そんな会話で、すっかりそれが新のことだと思いこんだ。疑う余地なんてなかった。

「書類を持ってきてくれた唯子さんが、沙季と会ったって言っていて驚いた。……柏木が連れてきたんだと知って、沙季になにをしようとしているのかは見当がついたから、急いで彼女にコンタクトをとったんだ」

新の視線の先には愛季がいる。足元に視線を落とす柏木を睨みつける愛季の瞳は、どこか悲しそうで……泣きそうだ。

「沙季におかしな誤解をさせて、俺や会社から引き離す……というより、今いる場所から引き離して、湯澤さん親子から引き離すのが目的だったんだろう」

「そんな、どうして……」

マンションでのことに動揺した沙季に、柏木は今いる場所から姿を消すようにうながした。あれは新から逃がそうとしたのではなく、愛季とひまりから遠ざけようとしたのだ。

「子どもの前でしたくない話だから仕切り直そうと思ったけど、もう少し大丈夫かな」

「え?」

見ると、泣きつかれたのか、ひまりは沙季にしがみついたまま寝てしまっている。愛季が近づいてきて沙季の前にしゃがみ、そっとひまりを受け取った。

「ごめんね沙季。迷惑かけて」

「そんなことないよ。ちょっとびっくりしたけど……。愛季の相手……、ひまりの父親って、柏木さんだったんだね……」

「うん……でもね、ひまりがお腹に入ったころに別れて、それからずっと会っていなかった。先週、三人で歩いてるときに善家さんに会ったでしょう。あのとき、哲太に見つかっちゃったらしくて。……数年ぶりに連絡がきて、驚いた……」

移動中だった新は柏木と行動していた。あのとき車の中から愛季とひまりの姿を見た柏木は、どんな気持ちだったのだろう。

「やり直したいって言われた。ひまりに会いたいって。……でも、返事ができなかった……」

「どうして……」

「だから、水澤のせいなんだよ……」

我慢できないとばかりに割りこんだ柏木の声は、苦しそうで……悲しげだった。

「大切な友人が、あの事故で死ぬほど苦しんだんだって……。オレと結婚すれば、その友人は愛季と会うたびに昔のことを思いだして苦しむ。そんな目には遭わせたくない。だから結婚はできないし、子どもにも会わせないって……。そんな話があるか……。その友人が水澤だったなんて……。こんな偶然、最悪だ……」

愛季はそんな理由で柏木を遠ざけたようだが、それがどうして別れる理由になったのかわからない。もしや柏木も、あの事故の遺族なのだろうか。

不思議そうな顔をする沙季に、愛季が答える。

「沙季、……哲太のお父さん、観光バス事故の運転手だったんだ……」

「やっぱりそうなの⁉」

思わず大きな声を出してしまってから両手で口をふさぐ。チラリとひまりを見るが、叫び声など構わずスースー寝息をたてていた。

口から指を浮かせて、今度は新をチラリと見る。

「新さんのお父さん……じゃないんですよね……？」

そのひと言で、沙季が誤解を深めてしまった理由を悟ったのだろう。新は苦笑いで立ち上がる。

「残念ながら、同じくバスの運転手でも、俺の父親はまったくの無関係だな。そういうことか、俺の父親だということにして言いくるめれば、沙季への責任感から結婚しようとしているとも、遺族である唯子さんを責任感でそばに置いているとも、なんとでも言える。加害者と被害者で上手くいくはずなんてない。苦しい思いをするだけだから、今のうちに姿を消せ。……というところかな」

新の父親は無関係だった。ホッと安堵すると力が抜けて、沙季はペタッと床に座りこんでしまった。

胸のつかえが取れた気がする。唯子のことも間違いであることがわかったし、あとで誤解していたことをちゃんと謝ろう。

それと、新の余命のことを、しっかりと聞こうと思う……。

気持ちが軽くなった沙季だったが、まだ問題は残っていた。

関係をこじらせた二人が目の前にいる。

「柏木、湯澤さんがおまえを遠ざけたのは沙季のせいじゃない。よく考えろ。あのころおまえは……」

「オレの存在があるから友人が苦しむって言われたんだ！　愛季は友だちをとったんだ！　子どもの父親であるオレより！」

安堵した気持ちが一気に緊張する。あろうことか、柏木が新のスーツの襟を掴《つか》み上げたのだ。

いくら憤ったからといって、これはない。沙季にとっても柏木にとっても、新は尊敬する人だ。崇拝に値する人ではないか。

たとえ衣服の一部であろうとそんな人を掴み上げるなんて、なんたる罰当たり。

「やめて！　柏木さん！」

沙季は慌てて叫ぶ。湧き上がる感情のまま、言葉を出した。

「わたしにとっても、柏木さんにとっても、新さんは人生を変えてくれた恩人ですよね！　バスの事故で、お父さんのことで、世間から非難を浴びた……。死んでしまいたいほどつらい思いをした。実際、あのころ心は死んでいた……。柏木さんも……わたしも！」

当事者ではない新を、恨む気はないと言った沙季の言葉を聞いて、なぜ柏木が動揺し錯乱したのか、今はわかる。

当時柏木は、事故を起こした側の家族として、心が殺されるほどの非難を浴びたのだ。被害者なのに、一人で生き残ってしまった沙季と同じように。

あの事故でつらい思いをしたのは……沙季だけではないのだ……。

「柏木さんは、そんなはずはないって言ったけど、わたしは……柏木さんが事故の関係者だってわかっても……恨むつもりなんてありません……。わたしの神様を、柏木さんがどれだけ慕って尊敬しているか知ってるから……」

新の襟を掴んでいる柏木の手が、わずかに落ちる。そのタイミングで、新が口を開いた。

「思いだせ柏木。湯澤さんに別れを告げられたころ、おまえは、なんの仕事をしていた」

新の口調はおだやかだが、とても厳しい。

なにかを彼に気づかせようとしているように思えた。

「あのころは……大きな案件のプレゼンが……」

「そうだ。おまえがデザイナーとして認められるように頑張ってきた企業プレゼンだ。必死にやり遂げなければならなかったものだ。よそ見なんかしていてはいけなかった時期だ」

新の襟を掴んでいた手が離れる。わずかに目を見開き、柏木は言葉が出ない。

気づいたのだ。愛季が、柏木を突き放した理由に。

「……愛季……」

柏木が愛季に目を向ける。愛季はひまりを抱きしめ、眉を下げた。

「……尊敬する先生に近づくんだって……必死だったでしょう……？　哲太の、夢だったでしょう？　その夢を叶えられるチャンスだった。大きなチャンスだった。今を逃したら、今度はいつめぐってくるかわからない……。プレゼンに通れば、そこからまた勝負が始まる。作品を完成させて、成功を収めるまで気を抜けない。……そんなときに、……子どもができました、結婚します……なんて……そんなこと……」

当時の葛藤を思いだしたのかもしれない。愛季の声が震える。

一人で子どもを産んで育てる。好きだった人の子どもだ。つらくない、大丈夫。そう決心して、愛季は柏木を突き放したのだ。

大切な友人が事故の生存者だから。関係者の息子である彼と結婚はできないと、友人を傷つけたくないから近づかないでくれと連絡を断って。

彼に夢を叶えてほしくて。

愛した人のために……。

柏木が、大切なものを失ったと言っていたのは、愛季のことだったのだろう。

「愛季……」

大切な友人を抱きしめたかった。しかし沙季にはできない。愛季に寄り添った柏木が、ひまりごと愛季を抱擁したからだ。

子どもを守る母親を、子どもごと包みこむ父親。その姿に、事故で沙季を守った母と二人を守ろうとした父を思いだす。

「ごめん、愛季……ありがとう……」

柏木の泣き声なんて初めて聞いた。愛季もひまりの髪に顔を伏せて肩を震わせている。

柏木のために、シッカリ者のシングルマザーであり続けた愛季。彼女が、こんなふうに泣ける日がくるなんて。

「奥さん、お願いがあります」

新が三人の前にかがみ、愛季に声をかける。いきなり奥さん呼びだったせいか、愛季は驚きをかくせないまま泣き顔を上げた。

「柏木を、支えてやってください。彼には支えが必要だ。これから独立してやっていくためには」

「えっ」

「独立？」

「新さんっ」

驚きは、沙季、愛季、柏木へと伝染する。

半泣きの顔を焦りに変えて、柏木は新に反論した。

「それは、自分には無理です。新さんのところから離れてやっていくなんて、自分には……！」

「愛季さんとひまりちゃんのためでも？」

柏木の言葉が止まる。迷いと決意のあいだで漂う彼に、新は道しるべを渡した。

「あの事故で、死んでしまいたいほど傷ついたのは君も同じだった。事故を起こした運転手の家族、その立場は世間から攻撃されるには充分な材料だったから。沙季と同じように、君は俺の作品に感動して生きる勇気をもらったと言ってくれたね。それでも事故の風評被害で負った傷は君を臆病にした。心が折れることを恐れるあまり、なにか支えがないと大きな行動に出られない。君は充分に、プロダクトデザイナーとしてやっていけるのに」

「新さんと……仕事がしたいんです……」

「俺もだ。もちろん一緒に仕事はしよう。けれど独立はしたほうがいい。そのほうが、これからの君のためにもなる。仕事の可能性が広がる」

新は柏木の背中を叩く。

「柏木の可能性を、もっともっと見せてくれ。柏木哲太は善家新の優秀なアシスタントだったと、俺に自慢させてくれないか。もちろん、俺もサポートはする」

「新さん……」

柏木が愛季と視線を合わせる。しばらく見つめ合った二人は、示し合わせたように同時にうなずいた。そして、新に頭を下げたのである。

「よろしくおねがいします」

新は満足そうに微笑んで立ち上がる。沙季の手を取り彼女を立たせると、腰を抱き寄せた。

「いい気分だ」

「……わたしもです」

沙季が目を向けたところでは、愛季が柏木と微笑み合っている。

とても嬉しそうな微笑みは、沙季が知っている彼女の表情の中で一番綺麗で、そして、とてもかわいらしかった。

独立しろといっても、いきなりできるものではない。

柏木は今までと同じように新の元で仕事をしながら、準備を進めていくことになった。

準備が必要なのは、それだけではない。愛季との結婚準備や、ひまりとの関係、湯澤家の両親への説明、などなど。

独立準備より大変なのでは……と沙季が感じても、当の二人はおだやかに話しながら仲良く帰っていったので、心配するだけ杞憂《きゆう》かという気もする。

帰り際、思いだしたように柏木に謝られた。

「一週間、エナドリ奢る」

そのお詫《わ》びもどうかと思うが、おそらく彼はひまりに「ズットモをいじめた」と責められ謝るのに苦労しそうなので、そのくらいで許してあげようと思う。

友人の大きな問題が解決して安心するものの、沙季にも解決しなくてはならない大きな問題が残っていた。

新の、余命について、である。

「今日は、ありがとうございました」

ソファに座ってくつろぐ新の前にコーヒーカップを置き、沙季は両手を前でそろえて頭を下げる。

顔を上げ新と目が合うと、照れくさそうにへへっと笑った。

「疑って、ごめんなさい」

気持ちがすっかりおかしな方向へ行っていたとはいえ、新の行動を疑ってしまった。彼が、同時に二人の女性を手玉に取ろうとするズルイ男であるはずはないのに。

「俺は、沙季にあっちにもこっちにも手を出す不埒《ふらち》な男だと思われてたんだなぁ」

案の定、新がわざとらしく悲しんでいるふりをする。沙季が拗ねて唇をすぼめると、アハハと笑いコーヒーカップを手に取った。

コーヒーをひと口飲み、ふうっと息を吐く。

「おかしなことにならなくてよかった……。こうして沙季のコーヒーが飲めて、嬉しい」

噛みしめるように沙季と一緒にいられることを喜んでくれる。こんなおだやかな顔をされたら、怒ることなんてできない。

「ずっと……コーヒーを飲んでもらえるのか……、確認してもいいですか？」

「なに？」

「新さんの……余命のことなんですけど……」

やはり、いざ聞くとなるとドキドキする。

もしかしたら、の気持ちはあるのだが、思いすごしだったらという気持ちもあって、結局悪いことも考えてしまう。

そんな沙季の緊張を歯牙にもかけず、新はコーヒーカップを置いて軽く言い放つ。

「そうだな……、できれば、沙季と同じくらい生きていたいな。俺のほうがひとまわりも年上だから、なかなかの難関だけど頑張る」

沙季は目を見開く。緊張で固まりかけた表情が柔らかくなごみ、満面の笑みを作った。

「孫の顔くらいは見たいよな。いや、いっそ曾孫《そうそん》の顔を見るまでにしておこうか」

「新さん！」

沙季は嬉しくなって新に飛びついた。

「新さん！　新さん！」

「なんだ、どうした？　帰ってきた飼い主に飛びつくワンコみたいだぞ」

「だって嬉しいんです。やっぱり、新さんが余命一年だっていうのは、間違いだったんですね」

「ああ、間違いだ。俺が、沙季は余命一年なのかと勘違いしたくらい間違いだ」

沙季は新に抱きついたまま彼を見る。

「わたしが？　そんなこと思ったんですか？」

「そのころ、ちょうど母親が余命一年と言われていた。それで、ちょっとその言葉に過敏になっていたんだろうな。もしやとは思ったが、やっぱり沙季は、俺が余命一年だと思っていたのか」

「はい、電話で、新さんが話しているのを聞いてしまって。あれって、新さんのお母様のことだったんですね」

「最近、検査でそれが間違いだとわかった。気落ちして孫の顔くらい見たかったって言っていたのに、今度は曾孫の顔を見るまで長生きするとか言っている」

沙季は口を半開きにして目をぱちくりとさせる。徐々に笑顔へと変わり、再び新にぎゅうっと抱きついた。

誰もいなくならない。みんなが未来に向かっていける。なんて素敵なことなんだろう。

「沙季」

新は沙季の身体に片腕を回し、彼女の後頭部を抱きよせる。

「俺は、余命一年じゃない。沙季は、命の時間がない俺が子どもを欲しがってるんだと思って、俺の子どもを産みたいと言ってくれたんだと思う。余命一年どころか、沙季と同じくらい長生きしてやろうと考えている男だが、これからも一緒にいてくれるか？　俺の子ども、産んでくれるか？」

これはプロポーズの続きだろうか。今朝は返事は急がないと言ってくれたし沙季もそのつもりだったが、今はすぐに返事がしたい。

新も沙季を抱き寄せたままじっとして、返事を待っているのがわかる。

「……もちろんです。これからもそばに……新さんのそばにいさせてください。新さんの子ども……ほしいです」

ずっと、沙季にとっての神様だった人。

命の恩人、崇拝するほど尊い人。

けれど今は、それ以上に彼に対する愛しさが勝っている。

身体の奥底からにじみ出る温かな気持ち。

愛情を、もう我慢しなくていい。

「大好きです。昔から大好きだったけど、尊敬以上の気持ちで大好きです。こういう気持ちを、愛してるっていうんでしょうか。好きで好きで、どうしたらいいかわかりません」

あふれ出る気持ちをわかってほしくて必死に言葉を出す沙季を、新は両腕で強く抱き締める。

「沙季は本当に、俺が大好きだな」

定番の言葉が出てきて、じわっと涙が浮かんだ。

「当然です。……大好きです」

「愛してるよ、沙季。プロポーズ、ＯＫしてくれて、ありがとう」

「新さん、愛してます。わたしを……わたしなんかを……選んでくれて、ありがとうございます……」

涙がぽろっとこぼれる。その軌跡を頬に残して顔を上げると、新と視線が絡んだ。

すべて見透かされているような、綺麗な瞳。新を見るたび、この双眸に引きこまれそうになる。実際、もう心のすべてが惹きこまれている。

「沙季の目に、俺が映っているのが、すごく嬉しい」

「新さんしか、見てませんから」

二人の唇が出会う。シッカリと密着した柔らかさを感じ合い、くちゅくちゅと吸いあう。新の舌が迎えに来ると早速沙季も応じた。

舌を絡ませながら、新のネクタイをほどいていく。身体を寄せて彼の膝を跨《また》ぎ、ソファに両膝をついた。

「今日は、積極的だな」

「……新さんの赤ちゃん、欲しいんです」

「いいよ。おいで」

お尻から沙季のスカートをまくり上げ腰で挟みこむ。ストッキングとショーツのウエストから両手を入れ、新はお尻の双丘を大きく揉み回した。

「ふぅ……ゥンンっ」

キスで唇がふさがれているぶん、喉が甘く鳴る。臀部《でんぶ》から発生する微電流で腰が左右に揺れた。

ウエストコートに続きワイシャツのボタンを外していく。脱がせてしまいたいが彼の腕がお尻に回っているし、そこを揉まれる感触が、同じふくらみでも胸とはまた違った快感を生んで、今やめてほしくない。

キスをしながら新の首筋、そして両胸を探る。服の上から抱きつけば硬くてたくましい胸が、直接触ると柔らかく、この手触りと体温にゾクゾクする。

指先に触れた突起を転がすと、なぜか沙季の胸までムズムズする。さわっているうちに硬度がついた気がして、なぜか興奮した。

「んっ……」

うめいた新の舌の動きが激しくなる。撫で合いながら感触を感じ合っていた沙季の舌を搦め捕り、吸いたてる。

お尻の円みを握る両手が内腿へ滑り、付け根で肌を揺らす。その振動で秘唇の中でにじみ出ていた潤いがぐちゅぐちゅと混ぜられ、羞恥を煽った。

「んっ……ふぁっ……やぁっ、新さっ……」

耐えられなくて唇を離す。腰を引こうとするが、新の両手に内腿を押さえられているので下半身を動かすことはできない。

「新さん……そんなに……」

「沙季の汁、垂れてきそう。さわりたいな……」

「んっ……さわって……ください……」

恥ずかしいけれど、感じるままにお願いしてみる。間接的に秘唇を動かされているだけで快感がどんどん増して、もっと強い刺激が欲しいと官能が騒ぎだした。

「どうしてこんなに濡れた？　キスをしてお尻を触っただけなのに。気持ちよかった？」

こくこくと首を縦に振る。新の質問にはちゃんと答えないと続きがない。何度も抱かれてそれを知っている。

「あと、新さんの胸……気持ちよくて……ンッ……」

「わかる。俺も、沙季の胸をさわってると興奮する。さわられてもすっごく興奮したけど」

新は沙季の胸に顔を押しつけ、チラッと視線を上げた。

「俺も、さわりたいな」

「いいですよ……」

「さわらせて」

これは、沙季が自分で脱いで胸を出さなくちゃならないということだろうか。

カットソーを脱いでブラジャーを外す。さわりたいと言ったはずの新は、手でさわるのではなく頂を大きく咥えこみ吸いついてきた。

「あっ、アンッ、新さんっ……」

縦横無尽に舌を使われ、頂の周囲を舐め回される。わざと中央の突起を避けているような気もして、じれったさが募った。

片方の手がやっと秘唇を割る。指で大きく縦線をこすられ、にじみ出た蜜を絡めた指がぐぷっと蜜路に侵入してくる。

「ぁ、ハァ、ぁあっ……」

蜜路を擦られると、どんどん潤いが増す。指を曲げては膣壁を刺激し、指を増やして感覚を強暴化させた。

「ああっ、あぁっ……！　ダメっ、ぅうんっ！」

堪らない快感に上半身がうねる。それでもあまり大きく動くと新の口が離れてしまう気がして、加減をしながら胸を揺らす。

ふいに乳首を吸いたてられ腰が伸びた。

「あぁぁんっ……！」

蜜路の指が媚壁を穿つ。水風船が割れたかのような衝撃が走り、頭に熱が走った。

「あぁぁぁっ……指じゃ……いやぁんっ――！」

「俺も」

上ずった声で同意し、新の指が抜ける。軽く達したあとにすぐ訪れる虚無感は、物足りなさを何倍にも膨れ上がらせる。

すぐに下着ごとトラウザーズを下げた新が沙季の腰を引き寄せる。ストッキングをうしろから引き裂き、ショーツをずらす。

「新さん、乱暴ですよ」

文句を言いながら、沙季はずらされたショーツのあいだに新の切っ先をあてがい、躊躇なく腰を落とした。

ぐにゅっと大きな質量が潜りこんでくる。いつもながら、この挿入感が堪らない。押し広げられる隘路。蜜筒に溜まった愛液が吹き出し、淫襞《ひだ》が悦んで屹立に絡みつく。

「ああっ！　ぁっ……気持ち、イイっ……！」

「俺も気持ちいいよ、沙季……」

蜜窟が新でいっぱいになる。この充溢感の愉悦。下半身が小刻みに震え、中が蠕動《ぜんどう》してどこまでも滾る熱を引きこもうとする。

「ハァ……ぁぁぁっ……あぅん……」

あえぎが震え、声が止まらない。開きっぱなしの口から涎が垂れてきて、みっともないって思うのにどうにもできない。

「……そんなに気持ちいいんだ？」

垂れ落ちる涎を舐められ、唇を重ねてすすられる。喰いつくように唇を貪ったあとで、新が沙季の腰を押さえてグンッと突き上げた。

「あっ、ハァッ……ハァぁぁぁンッ！」

続けて腰を使われ背中がしなる。うしろに倒れてしまいそうで、沙季は新のシャツを腕の所で掴む。

「あらたさん……あらたさっ……ぁぁぁ！」

あまり反っては新の負担になる。沙季は身体を前に倒し、ソファの背もたれに手を置く。それに合わせて新が身体をずり下げ乳房にしゃぶりついてきた。

「ダメっ、ダメっ、気持ちい……ぃ、ぁぁンッ、新さぁン……！」

「締まってスゴイ……。イきそう？」

「あっ、ハァぁ……イ、イきそ……！」

ソファを握る手に力が入る。首を左右に振ると乳房が揺れて、咥えられていない片方の乳頭が新の

髪や肌に触れてじれったい。

じゅるじゅる乳首を吸われ甘噛みされる。上半身がうねり、快感で身体が火照って全身がしっとりしてくるのがわかった。

沙季のお尻を両手で押さえて新が身体を下げていく。手が背もたれから離れたので新の肩から腕を回すと、ソファから身体を落とした彼にあお向けに組み敷かれた。

両腕と両脚を新に巻きつけた状態で、ガンガンと剛強に刺し貫かれる。

快感のゲージが壊れるほどに上昇した。

「ダメ、もぅ、あらたさぁぁ……！」

「欲しい？　沙季……」

「ほしい……で、す、新さ……あらたさん、ください……ぁぁっ！」

「いいよ……。受け取って。沙季にならいくらでもアゲル」

「あらたさぁンッ……！　イクぅ――――！」

大きな熱が弾ける。奥の奥を穿つ先端が熱情の証をほとばしらせると、胎内が歓喜して意識が飛びそうになった。

「あああぁぁっ……」

腹部が波打ち、蜜路が蠕動する。彼に回した腕と脚が全力でしがみつく。全身の肌から熱が噴き出しているのかと思うくらい、火照りを感じた。

「沙季っ……」

新が放った熱がぐるぐると回る。絶頂の余韻に流されてしまいそう。

「愛してるよ……」

そんな沙季を現実に繋ぎ留めるのは、新の存在だ。

新は沙季に唇を重ね、視線を合わせて微笑んだ。

「沙季の目の中に、俺がいる……」

彼を見つめ、沙季も微笑む。

「……当然です」

自分から唇を重ねて、また彼を見つめる。

「わたしは、新さんが大好きですから」

定番のセリフ。

こんな愛しい気持ちでこの言葉を口にできる日がきた幸せに、沙季は新とともに浸った。


後日、沙季は新が個人的に作りたかったという作品を見せられた。

アトリエがあるマンションで作っていたものだ。

アトリエに入るのは初めて。３ＬＤＫの壁をほぼすべて取り払った広い一室。そこに入った沙季は……動けなくなった。

そこは、光の空間だったのだ。

壁の大きなスクリーンに映し出された教会とそよぐ木々。

木漏れ日の乱舞。

これは、十年前、沙季を救ってくれた空間と同じものだ。

「これ……」

木漏れ日の中央で、沙季は立ちすくむ。

隣に新が立ち、ともに光を仰ぐ。そっと沙季の肩を抱いた。

「沙季がこの空間で生きる心を取り戻してくれたと聞いて、もう一度再現しようと思ったんだ。沙季と一緒に、この空間に立ちたくて」

「一緒に……?」

新に顔を向ける。沙季を見つめる情熱的で慈愛に満ちた眼差しと目が合った。

光の中で新と見つめ合っていると、涙がにじんだ。

沙季に生きる希望をくれた人。

沙季の神様。

でも今は、なによりも誰よりも愛しい人。

「新さん……」

「ん？」

「生きていてよかった」

新に抱き寄せられ、沙季は彼に身を委ねる。

木漏れ日とともに、おだやかに漂う心。

――沙季、幸せになって。

あの日のように、両親の声が聞こえたような気がした。

エピローグ

新との婚約が決まり、沙季は改めて唯子と対面した。

心配ないと新には言われたが、やはり会うまでは、遺族である彼女に憎まれているのではないかと不安だったのだ。

マンションの一室で、新や唯子の夫もまじえての対面。

ソファに新と並んで座る沙季の正面にかがみ、緊張する沙季の手を握って、唯子は泣きそうな顔で笑った。

「よかった。本当に、お元気でよかった」

伝わってくるのは、いたわりの気持ち。そして彼女は、沙季が知りえなかった当時の話を聞かせてくれたのである。

「遺族のほとんどは、沙季さんに同情していました。まだ十三歳なのにご両親を事故で喪《うしな》って、あんな事故を経験して。マスコミに追い回されているようだったし、心の傷にならなければいいけどって。私たちもインタビューで追い回されたけれど、……沙季さんに同情的な話は、一切表に出ることはなかったんです……。取り上げられるのは、恨み言ばかり唱えている一部の遺族と、無関係なのに騒ぎ立てる外野の言葉ばかり」

初めて聞かされる真実は、苦しい時期の話でも心の靄《もや》が晴れていくような気分だった。

すべてのものに恨まれ、疎まれていると感じていた、あのころ。

でも、違ったのだ。

見えないところに、沙季を案じてくれていた人はたくさんいた。

「つらかったでしょうね。あの歳で乗り越えることができたなんて、すごいと思います」

唯子は感心しながらも、沙季が今こうして元気でいることを心から安堵してくれている。それが手に取るように伝わってくる。

「つらかったのは、わたしだけじゃないです。唯子さんだってつらかったはずだし、他の遺族の方だって……みんな、つらい思いをかかえて乗り越えてきたんですよね」

唯子も、柏木も。

——つらかったのは、沙季だけではない。

「新さんが、わたしを救ってくれたんです。あのころから、わたしは新さんに守られていた。新さんは、わたしの神様ですから」

沙季が笑顔で言うと、惚気かと感じたのだろう。唯子は「まぁ」と言いながら夫と顔を見合わせ、笑い出す。

「ごちそうさま。新君絡みの惚気を聞ける日がくるなんて、最高」

「いつでも聞かせますよ。一晩中語れる自信があります」

さらに楽しげな笑い声が室内を満たす。

冗談だと思われているだろうが、決して冗談ではない。面接試験で「善家新語り」をした沙季を知っている者なら、お察しである。

新が顔を寄せ、小声で沙季を煽る。

「一晩で足りる?」

「無理です。三日三晩はないと」

「じゃあ、俺はそれ以上だな」

予想外に対抗され、二人は顔を見合わせて笑いあった。


そして翌月……。

沙季は、新の遠征先であるイタリアへ同行した。

そこで一日オフの日を作り、木漏れ日あふれる本物の教会で、新と二人きりの結婚式を執り行ったのである。


ウエディングドレスのやわらかなレースと同じくらい、優しくまぶしい木漏れ日の中で、二人は愛を誓い合う。
沙季の未来を繋いだ光が、新という光を伴って紡がれる。
そして間もなく……。
二人は、さらに未来をつなぐ光を、授かるのである――。

番外編

パパになりたい彼の大いなる悩み

イタリアで二人きりの結婚式を挙げた新と沙季。

帰国してから正式に入籍も済ませ、沙季は〝善家沙季〟になった。

敬愛し崇拝し続けた人と結婚して同じ苗字《みょうじ》になるなんて、信じられないくらい幸せだし、また、その人が最愛の人になって自分を愛してくれているなんて、幸せという言葉以上に幸せで、そんな幸せをなんと言葉で表現したらいいのかわからないくらい幸せだ。

しつこいくらいに〝幸せ〟を繰り返す、超幸せモードの沙季だが、結婚してもそのまま仕事は続けている。今までどおり、柏木のアシスタント補佐である。

ただ、柏木は追々独立をすることになっていることもあり、彼が抜けてしまったあとはアシスタントに昇格か、社長としての新の秘書かに選択を迫られている。

「子どもができても仕事がしたいなら、秘書のほうがいいかもしれない。やってもらうのはほぼデスクワークだし。……正直なことを言えば、俺のデスクワークが楽になるから、っていうのと、沙季がいつも見える場所にいてくれるから、っていう我が儘も入ってるんだけど」

そう言って、新は笑っていたが……。

（我が儘なんかじゃありませんよ！　新さんっ！）

愛だ。愛を感じる。

いつも見えるところにいてほしいなんて、絶対的な愛しかない。

結婚しても、会社では「先生大好き」と崇《あが》める態度は変わらず、アシスタントや社員たちにも「そんなんで新婚生活大丈夫なのか？」と心配されている。

おそらく夜の生活のことを言っているのだろうが……もちろん、大丈夫すぎるほど大丈夫だ。

仕事では「水澤」のままで通している。そのほうがみんなも呼びやすいだろうし、沙季も「善家さん」と呼ばれるよりずっと仕事がやりやすい。

毎日が楽しく絶好調だ。悩みがあるとすれば、満たされすぎていて、もしやこれは夢ではないかと疑ってしまうことくらい。

そんな沙季に、――とても深刻な相談が舞い込んだ。

「頼むっ、お願いしますっ、沙季さん、沙季様、善家夫人、新先生の奥様っ」

本当ならすごく照れる呼ばれかたをされているのだが、今自分に起こっていることが不可解すぎて、沙季は固まることしかできない。

今、カフェのテーブルに両手をつき、こすりつけんばかりの勢いで頭を下げて沙季にお願い事をしているのは……柏木だ。

柏木について外出中、用事が早く終わったのでひと休みしていこうと言われ、カフェに入った。

柏木がそんな提案をするのは珍しい。外出先での用事が早く終わっても、だいたいはそのまま帰社して仕事に入る。

ある意味、ダイナミックな見かけによらず、生真面目な人なのだ。

カフェに入ったとたん、「腹は減ってないか」だの「ここ、クレープとか有名らしい」とか「好きなもん、どんどん頼んでいいぞ」とか「なんならケーキでも買ってやろうか。新さんと食べな」とまで言いだした。

……なにかある……。そう思わないほうが無理だ。

「なにか、頼みごとでもあるんですか」

そう聞いた次の瞬間、彼はテーブルにひれ伏して「頼むっ、お願いしますっ、沙季さん、沙季様、善家夫人、新先生の奥様っ」と懇願しだしたのである。

「いや……いきなり『頼む』と言われましても……。わたしはなにを頼まれればいいのでしょうか」

沙季の戸惑いはもっともだと思う。柏木もそう思ったのか、ガバッと顔を上げ、真摯な態度でさらに戸惑うセリフを吐いた。

「彼女との仲を、取り持ってくれ！」

目が点になる、とはこのことか。

しばし二人のあいだには沈黙が走る。そこへウエイトレスが注文を聞きにきたので、沙季は勝手にコーヒーをふたつ注文した。

ウエイトレスがテーブルを離れると、沙季はテーブルのシュガーポットを柏木のほうへ押しだす。

「カラになるくらいお砂糖入れて、吐くくらい甘くして飲んだほうがいいですよ。糖分を脳に回して正常に思考が回るように優しくしてあげましょう」

「おまえ、結構ひどいなっ」

「だって、わけわかんないですよ。なんですか『彼女との仲』って。柏木さんには愛季がいるじゃないですか。それともまた喧嘩でもしたんですか？」

「愛季じゃない、ひまりっ」

「ひまり？」

沙季は目をぱちくりとさせ、シュガーポットを元に戻す。話を聞こうじゃないですかと言わんばかりに身を乗り出した。

柏木もそれを悟ったのだろう。咳払《せきばら》いをして調子を整え、話しだした。

「ひまりが……なかなか懐いてくれなくて……」

「まあ、そうでしょうね」

沙季の反応はアッサリしている。

「……おまえ、本当に、結構ヒドイな」

「柏木さんは、ひまりが生まれる前からそばにいなかったんですよね？　おまけにひまりの大切な〝ズットモ〟をいじめたし」

「やっぱりそれかよ〜〜〜」

悲痛な声を出し、柏木はゴンッと音をさせてテーブルにひたいを落とす。

愛季との関係が修復されるきっかけになった日、柏木は混乱のあまり沙季に詰め寄り、駆けつけたひまりに沙季をいじめているという誤解を受けた。

ひまりにとって、沙季は大切なズットモ。

そのズットモをいじめた柏木を、ひまりがなかなか許すはずはないと思ってはいたが、どうやらまだお許しは出ていないらしい。

「あれから一ヶ月以上たってるんですよ。いい関係を築く努力はしていないんですか？　なにもしてないんですか？　ひまりだって、今まで影も見えなかった父親がいきなり現れてわけがわからないだろうし、柏木さんから歩み寄ってあげないと。まあ、ズットモをいじめた警戒心はとけてないかもしれませんけど」

「おまえっ、かなり根に持ってないかっ？」

柏木は頭をかかえてしまった。調子にのって少々いじりすぎたかもしれない。沙季はちょっと反省しつつ、柏木の擁護にあたる。

「仕方がないですよ。ひまりは独身の男の人が苦手だって知ってます？」

「独身の男？」

「はい。なんか怖いそうです。でもお友だちのお父さんとか、子どもに慣れた男の人、例えば新さんとか、は平気なんですよ」

「そういえば、新さんには懐いてたな」

「子どもって、子どもが嫌いな人が本能的にわかるっていうじゃないですか。ひまりはきっと、自然体で接してくれる人には懐けるんだと思いますよ。そういう人は子どもの反応を怖がって突き放したりしないでしょう？」

「オレは……別に突き放す気はないけど……」

「本当ですか？　ひまりの顔色を見ながら、ひかえめに声をかけたりしてません？　いまだに抱っこもしてあげられてなかったり。ああでも、それってすっごく柏木さんらしくないけど」

冗談半分にアハハと笑うが、柏木が表情を固めて蒼白《そうはく》になっているのを見て、笑えなくなった。

図星のようだ……。

柏木は気まずそうに目をそらして、頭を掻く。

「……嫌われたくないし」

沙季は目を見張った。

柏木が、自分の先輩だとか、見かけよりずっとすごいデザイナーなんだとかではなく、それよりも娘との距離に悩む普通の父親に見えてしまった……。

クスッと、小さな笑いが漏れる。

「柏木さん、ひまりのこと、好きですよね？」

「当たり前だろ。好きっていうか、かわいいっていうか、……なんていったらいいかわからないけど、愛季と同じくらい、そばにいてほしいものだって感じてる」

なんだか微笑ましい。あの威勢のいい柏木の、こんな落ち着いた姿が見られるなんて。

「それじゃあ、いつもの柏木さんっぽく、両手を広げて『ひまりー、おいでー』って呼んであげればいいじゃないですか。ひまりが駆け寄ってきたら、遠慮しないで抱っこしてあげればいい。自分を想って接してくれているってわかったら、ひまりだってきっと懐きますよ」

「そうか……?」

「はい、ズットモをいじめたことも許してくれます」

「おまえなぁ……」

文句を言いたそうなタイミングでコーヒーが運ばれてくる。柏木はもちろんブラックで飲み、ハアッとひと息ついた。

「オレさ……ひまりの父親に、なりたい……。だから、懐いてもらえるように、やってみる」

沙季に頭を下げたときはとにかく必死だったのかもしれないが、悩みを口に出して、考えて、改めて気持ちが固まったのだろう。

「頑張ってください。柏木さんがそうやって一生懸命ひまりに寄り添おうとしているって知ったら、愛季も喜びますよ」

愛季の名前が出たせいか、柏木は照れくさそうに笑う。

努力家の彼のこと、きっと、いい関係を築くことができるだろう。

……とはいえ、心配ではある。

沙季はその日、ペントハウスに帰る前にひまりに会いに行った。

愛季とひまりは、まだ今までのアパートに住んでいる。いくら復縁したとはいってもいきなり三人で同居はできない。

住むところも探さなくてはならないし、愛季の仕事やひまりの保育園のことを考えてもいろいろと準備があるのだ。

お土産のシュークリームをあいだに挟み、ひまりと正座で向かあう。

とっても大事な話がある気配を察してひまりも真剣な顔で背筋を伸ばすが、視線はチラッチラッとシュークリームにいきがちだ。

お話しが終わるまで手を出してはいけないのだと察している。実に聞き分けのいい、いい子である。

早急に話を進めるためにも、沙季は単刀直入に聞く。

「ひまり、柏木さんがパパで嬉しい？」

キッチンから「はっ⁉」と驚いた声が聞こえた。愛季である。

ひまりは一瞬キョトンとするが、すぐに答えてくれた。

「うれしいよ。でもね、てったはうれしいかわかんないし、ずっといっしょなのかもわかんないから、ひまりが『うれしい』って言えない」

ひまりは柏木を「てった」と呼んでいる。おそらく愛季が「哲太」と名前呼びをしているので、その真似なのだろう。

ストレートに聞いてよかった。ひまりの言葉には、気持ちのすべてが込められている。

懐いていないのではない。不安なのだ。

生まれてからずっと見たことがなかった父親が現れたこともそうだが、柏木が、父親として本当に自分を受け止めてくれるのか。

……また、いなくなってしまうのではないか。

それが怖くて、上手く接することができない。

「じゃあさ、柏木さんが、おっきく腕を広げて、『ひまり、仲よくしような』って言ったら、仲よくできる？　仲よくしたい？」

ひまりは目をキラキラさせて何回もうなずく。

「できる。なかよくしたいっ」

「ズットモをいじめたけど？」

「ゆるしてあげるっ。……ひまりの、パパだもん」

沙季はなんだか嬉しくなって、ひまりの頭をくりくり撫でた。

もちろん、二人の様子を窺《うかが》いながら、ひまりの言葉を聞いて嬉しそうに涙を浮かべる愛季の姿を、沙季は見逃さない。

もう少し……。

あと少し。

父親になれなくて泣いた柏木が、ひまりのパパになれた実感で泣いてしまう日も遠くはない。

——そんな話を新にすると、彼はとても嬉しそうに微笑んだ。

「幸せが、増えるね」

彼の言葉が嬉しくて、沙季はソファに座る新の横に腰を下ろし、そっと寄り添う。

新が沙季の肩を抱き寄せた。

「幸せです。わたしも」

愛しい人と、ともに寄り添える幸せ。

そして、柏木と愛季とひまりが、家族としての幸せを築くのも、きっと、もうすぐ——。

あとがき

子づくりをテーマにしたお話を書くときに一番考えるのが、理由、です。

ヒーローとヒロインが結婚しているのなら、子づくりを絡めても問題はないのですが（内容によっては問題あったりしますが）、結婚していない状態で、特に結婚が前提でもないのに子づくりをするとなると、それをしなくてはならない絶対的な理由が必要になります。

お互いの気持ちなんかも大切ですしね。

ヒーローには作りっぱなしにしてほしくないし。……個人的に、無責任なヒーローって好みではないのです……。

思いっきりクズなヒーローも書いてみたいと思うこともあるのですが、多分耐えきれなくなって筆が止まるだろうなと……。

「俺の子どもを産め。そのあとは自由にしてやる」

みたいなヒーローが出てくる海外の恋愛小説を読んだことがあって、無言で本を壁に叩きつけたくなったのは、懐かしい思い出ですよ……。

やっぱりヒーローには、溺愛精神、なにがあってもヒロインが一番、という気持ちを持っていてもらいたい我が儘な作者です。


今回のお話を考えるとき、パッと浮かんだキャッチがありまして。

『余命一年。貴方の子どもを産ませてください』

だったんです。

なんかヒロインの決心が深そうでいいな、これで行こうと思ったものの、考えてみると「余命」ってつくあたりが重い。

基本的にヒーローがお亡くなりになっては駄目だし、ヒロインが……なんてもってのほかだし、本格的な余命物はジャンルが違うし。

自分で考えておきながら苦笑いでしたが、どうしてもこのキャッチでお話が書きたくて、かなり悩みました。

なんか、作品苦労話みたいになっていますね。すみません。


【ここから先には本編のネタバレを含みます。あとがきを先に読んでいる方、ネタバレ絶対許さん派の方、回れ右です‼】

……余命……、勘違いならいいんじゃないか？

それも、お互いが勘違いしていたら、意外に上手く進むかも……。

それでできたのが、今回のお話になります。

沙季にとって新は〝神様〟で〝命の恩人〟ですから。恩返しをしたいという崇拝レベルで子づくり志願をしてもらいました。

そんな崇め奉っている人物と子づくり同居を始めて、日常にまで尊みを感じ、感動しまくっている沙季を書くのがとても楽しかったです。

そしてもう一人、ひまりとの絡みを書くのも楽しかったです。

なんといってもズットモですから！

悩みつつも楽しく書けた……のはいいのですが、なんやかんやありまして、完成までかなりお時間をいただいてしまいました。

担当様には、かなりお手間とご迷惑をおかけしてしまったことと思います。申し訳ございません。

本当に、いつもありがとうございます！

イラストをご担当くださりました獅童ありす先生、快活でとてもかわいらしい沙季と、大人紳士で素敵な新を、ありがとうございました！

キャララフの片隅に描いていただいた、新への尊みにボンッと爆発している沙季がかわいくて大好きです。

私事が重なり、一度獅童先生とのご縁を逃してしまっていたので、今回ご担当いただけたのがとても嬉しかったです！

本作に関わってくださいました皆様、見守ってくれる家族や友人、そして、本書をお手に取ってくださりましたあなたに、心からの感謝を。

ありがとうございました。

またご縁がありますことを願って――。


幸せな物語が、少しでも皆様の癒しになれますように。

令和四年十一月／玉紀 直

ガブリエラブックスをお買い上げいただきありがとうございます。
玉紀 直先生・獅童ありす先生へのファンレターはこちらへお送りください。

〒110-0016 東京都台東区台東4-27-5 (株)メディアソフト
ガブリエラブックス編集部気付 玉紀 直先生／獅童ありす先生 宛

gabriella books

MGB-077

懐妊同棲
極甘社長とワケあり子作り始めました!?

2023年1月15日 第1刷発行

著 者 玉紀《たまき》 直《なお》
装 画 獅童《しどう》ありす
発行人 日向晶
発 行 株式会社メディアソフト
〒110-0016
東京都台東区台東4-27-5
TEL：03-5688-7559 FAX：03-5688-3512
http://www.media-soft.biz/
発 売 株式会社三交社
〒110-0015
東京都台東区東上野1-7-15
ヒューリック東上野一丁目ビル３階
TEL：03-5826-4424 FAX：03-5826-4425
http://www.sanko-sha.com/
印 刷 中央精版印刷株式会社
フォーマットデザイン 小石川ふに(deconeco)
装 丁 小菅ひとみ(CoCo.Design)

ISBN 978-4-8155-4303-7

本作品はフィクションであり、実在の人物・団体・地名とは一切関係ありません。